Es war wie in letzter Zeit recht häufig sehr früh, als er aus einem tiefen Schlaf erwachte. Sein erster Griff galt seinem Tabak. Jetzt, wo er wieder rauchte hatte er sich angewöhnt, direkt nach dem Aufwachen erstmal eine zu rauchen. So auch heute suchte er nach seinem Feuerzeug und zündete sich die Zigarette noch schläfrig an. Sehr bald begann auch sein Denkapparat zu arbeiten, den er sich manchmal etwas kleiner wünschte, um so auch ohne Gewissensbisse den gesamten Tag im Bett liegen und fernsehen zu können. Aber seine kognitiven Fähigkeiten waren zu ausgeprägt, als dass er die Tage nur so vorbeiziehen lassen konnte. Seine ersten Gedanken bewegten sich um den Tag, der vor ihm lag und der so gar keine Highlights bot, als ein einsames Frühstück und vielleicht eine E-Mail in seinem Postfach. Er zog intensiv an der Zigarette und dachte an das Rauchen als solches und seine Schwäche in einem entschuldbaren Moment schwach geworden zu sein, obwohl die meisten Menschen zu ganz anderen Mitteln gegriffen hätten. Er schaltete den Fernseher ein, um die Stille zu überdecken, die ihm mit einem Mal unglaublich groß erschien und ihn zu erdrücken anstrebte. Dann wich die Stille harsch einem Nachrichtensprecher, der Nachrichten vorlas, die er am Tag zuvor bereits gehört hatte. Hauptthema war ein kleiner Eisbär, der von seiner Mutter verstoßen wurde und nun von einem Pfleger groß gezogen werden musste. Er wunderte sich, dass so ein Wesen derart wichtig genommen wurde und seine Situation war mal wieder nicht der Rede wert. Nachdem er die Zigarette ausgedrückt hatte, ging er in die Küche, um sich einen löslichen Café zu bereiten. Den Vollautomaten, der einst Prunkstück seiner Küche war, hatte er verkauft, da er eigentlich von jeglichem Café Abstand nehmen wollte. Café würde seine gesundheitliche Situation bestimmt nicht bessern und gerade in diesen Tagen wäre er zu gern ein völlig gesunder Mensch gewesen. Mit seinem Cafébecher zwischen den Beinen rollte er zurück Richtung Schlafzimmer, wo auch der Fernseher stand, aus dem nun die Moderatorinnen zu hören waren und blieb, wie so oft an einer Seite der Türzarge hängen. Die Tür war gerade breit genug, dass er mit seinem Hightech-Rollstuhl durch sie hindurch kam. Nicht völlig gerade angepeilt, blieb er oft an einer Seite hängen. Der Café goss über und er fühlte ihn heiß zwischen seinen Schenkeln. Bereits etwas abgekühlt tropfte er auf seine Beine herunter. Er kannte diese Situation so gut, dass er gar nicht auf die Idee kam, sich darüber aufzuregen. Er korrigierte seinen Weg und rollte weiter in Richtung Schlafzimmer, wo er den Café auf das Regal stellte, zum Bett rüber rollte und den Tabak holte, von denen er sich eine weitere Zigarette drehte und anzündete, während er darauf wartete, das der Café sich abkühlte. Er war bemüht, sich eine einigermaßen befriedigende Tagesstruktur zusammen zu basteln, konnte jedoch keine wesentlichen Aufgaben finden, denen er sich hätte widmen können. Aber jetzt war ja Café auf den Boden gekleckert, so dass er den Flur und die Küche putzen konnte. Der Besen stand neben dem Regal und wie jeden morgen nahm er ihn und kehrte die Krümel auf dem Boden zusammen. Er wartete wie jeden Morgen darauf, dass er wach wurde und spielte geistesabwesend mit den Dingen, die im Regal lagen. Er dachte an den gestrigen Tag, der genauso gewesen ist, wie der kommende Tag zu werden schien. Innerhalb von 5 Monaten hatte er weit über 70 Bewerbungen verschickt, die meisten von ihnen blieben unbeantwortet und nur ein verschwindend geringer Teil wurde beantwortet. Trotzdem rollte er ins das Wohnzimmer, wo sein Rechner stand und suchte auf der Seite der Arbeitsagentur nach neuen Jobangeboten. Leider waren keine neuen Jobs dabei, was ihn einerseits beruhigte, zumal er keine neue Bewerbung losschicken musste, andererseits machte es ihn sehr nervös. Er fuhr wieder zurück in sein Schlafzimmer und vor den Fernseher, der auf ihn wartete und nippte an einem lauwarmen Café. Wieder wanderte eine Zigarette in seinen Mund. Er spürte in sich hinein und musste am heutigen Tag eine enorme innere Stärke feststellen, gepaart mit dem Gefühl, nicht mehr alleine sein zu wollen, sondern sein Leben wieder mit einer Frau zu teilen. Das Frühstücksfernsehen zeigte Werbung und jeder gezeigte Spot war ihm bereits bekannt. Wieder endete eine Zigarette im Aschenbecher und er rollte wieder mal ins Wohnzimmer, wo er am Computer nach dating-Seiten suchte. Schnell wurde er fündig und fand eine Seite, bei der er sich für einen Monat kostenlos eintragen konnte. Bevor er sich sehr mutig hier registrierte, ging er einmal kurz die Frauen in seiner Umgebung durch und musste feststellen, das es hier reichlich hübsche Frauen gab. Auch wenn er im Rollstuhl saß, hatte er sein ästhetisches Bewusstsein nicht verloren. Eher hastig gab er seine persönlichen Daten ein, um den aktuellen Drive zu nutzen.

Er sendete seine Daten ab und gehörte somit zu den zahlreichen Anderen, die eine Frau suchten. Nun rollte er nicht wieder ins Schlafzimmer, sondern in die Küche, wo er sich Toast bereitete und zur Feier des Tages zwei Eier kochte. Er legte alle gewöhnlichen Frühstücksutensilien auf ein großes Schneidebrett und brachte alles ins Wohnzimmer, wo er damit begann zu frühstücken. Sein Mund war so trocken, dass er jeden Bissen fast doppelt so lang kauen musste, bis er ihn endlich hinunter schlucken konnte. Immer wieder versuchte er erfolglos, seinen Mund mit Café anzufeuchten. Auf seinem Computer war immer noch die Startseite des dating-Portals zu sehen und schon kam eine erste Nachricht. Sie kam von einer 44-jährigen Frau mit 80kg bei einer Größe von 160. Es war eine sehr nette Nachricht, die davon handelte, dass er doch ein sehr nettes Bild eingestellt hatte und ebenso war sein

Profiltext enorm ansprechend. Höflich schrieb er zurück und hoffte insgeheim, dass der Kontakt auf irgendeinem magischen Wege abbrechen würde. Doch unglücklicherweise schrieb die kräftige Dame schon wieder zurück. Er dachte daran, dass warten auf Nachrichten vielleicht doch nicht der beste Weg sei und begann sich durch die vielen netten und attraktiven Frauen durch zu klicken. Es schien, als mochten die meisten von ihnen sehr gerne Salsa tanzen und ausnahmslos alle waren sehr sportlich. Fast alle liebten Tennis spielen oder Ski fahren. Wie sollte er nur mit diesen Sportskanonen mithalten? Sicherlich hatte auch er seine sportive Ader und fuhr gerne mit dem Handbike durch die Welt, wobei sein sportlicher Ehrgeiz mittlerweile sicher ein Bisschen gebremst war. Auch wenn er wie heute wieder keinerlei Termine hatte, blieb er dabei, sich allmorgendlich zu duschen und anschließend gründlich einzucremen und ordentlich zu kleiden. Es hätte schließlich sein können, dass mal spontan jemand vorbei kommt. Wahrscheinlich war es aber so, wie am Tag zuvor, dass er nicht mal einen Anruf erhalten würde. Fertig gekleidet rollte er wieder zu seinem Computer rüber und war diesmal mit einer Seite sexuellen Inhalts und zwar mit Frauen in Strumpfhosen beschäftigt. Er liebte es, sich diese anzuschauen und fragte sich, ob eine eventuell kommende Frau sich auch mal zum Verkehr eine Strumpfhose anziehen würde und blieb dann bei der Frage, inwieweit eine Frau überhaupt mit seiner Sexualität mithalten könne. Schließlich war seine Funktionalität stark eingeschränkt und es war zuerst nötig, eine ganze Reihe an unangenehmen Dingen zu klären. Am heutigen Tag waren ihm aber sexuelle Inhalte enorm unpassend, so dass er die Seite sehr bald wieder schloss.

Die Sonne schien in sein Wohnzimmer und machte es ihm schwierig, die Dinge, die sein Monitor hergab, zu erkennen. Er hing weiter an seiner heutigen Stimmung und seinem ausgesprochen Mut, der immer noch nicht verflogen war. Auf seiner Profilseite hatte er bereits davon geschrieben, dass er im Rollstuhl sitze und jeder, der mit dieser Situation nicht klar komme, doch weiter klicken solle. Außerdem hatte er extra ein Bild gewählt, auf dem er im Rollstuhl sitzend zu sehen war. Sein Mut reichte, direkt eine große Anzahl von Frauen mit ein und demselben Text anzuschreiben, in der Hoffnung, dass sich wenigstens eine melden würde. Er schrieb:

Hallo Du

Dein Bild und Deine Beschreibung haben mich dazu bewogen, Dich anzuschreiben. Vielleicht entspreche ich nicht Deinem Beuteschema oder Du hast Berührungsängste Rollstuhlfahrern gegenüber. Ok, Du wirst nicht mit mir am Strand spazieren gehen können oder die Alpen erklimmen, dafür gibt es sehr viele andere Dinge, die man mit mir in Freude zusammen machen kann. Wenn ich mich beschreiben sollte, würde ich sagen, ich bin ein lebensfroher, unabhängiger Mann, der mit beiden Beinen im Leben steht, der manchmal etwas verrückt ist, ein Mann mit Lebenserfahrung, Kreativität und Intuition. Ich mag meinen Beruf (Informatiker), Humor, koche für mein Leben gern, suche keine Pflegefachkraft und bin definitiv auf der Suche, nach einer neuen Beziehung.
Und nun nur noch dies: Ich denke, es wäre doch nur fair, wenn Du mir wenigstens ganz kurz zurück schreibst. Ich habe mir einen Ruck gegeben und Dich angeschrieben. Sollte doch möglich sein, dass Du mir jetzt eine kleine Nachricht zurück schickst.

Jens

Er blätterte durch die Seiten mit den Frauen wie durch einen Katalog und schrieb einfach jede Frau mit diesem

Text an, die ihm sympathisch erschien. Erstmal geschah gar nichts.

Eigentlich suchte er nur nach einer Frau und klammerte dabei unbewusst Sexualität völlig aus. Wenn er an das Zusammensein mit einer Frau dachte, dann immer an den Alltag und die Dinge die man vollkommen selbstverständlich miteinander unternimmt oder erledigt. So saß er nun geraume Zeit vor seinem Computer und beobachtete, wer wann eine der Nachrichten daließ. Eine nach der Anderen wurde als gelesen markiert, ohne das jemand darauf einging, was er dort geschrieben hatte. Ganz plötzlich sah er eine Meldung in seinem Postfach. Scheinbar hatten sich seine Mühen doch gelohnt. In der mail, die er hastig öffnete laß er:

Hallo Jens,
ich habe keine Berührungsängste und ich schreibe Dir nicht aus Fairness, sondern weil Deine paar Zeilen nett rüberkommen.
Mit den Alpen habe ich es übrigens eh nicht so. Ich bin auch auf der Suche nach "dem Richtigen", aber nicht definitiv!
Dein letzter Absatz in Deiner Mail lässt auf eher schlechte Erfahrungen hier deuten. Suchst Du hier schon lange?
Liebe Grüße
Kirsche

Hm, zumindest ein Anfang dachte er sich und schrieb ihr sofort zurück. Leider war von Kirsche kein Bild zu sehen, aber ihr Gewicht von 60kg bei einer Körpergröße von

170 machte ihm Hoffnung, eine hübsche Frau gefunden zu haben. Er hatte gehofft, dass sie jetzt einen regen Schriftwechsel starten würden, musste jedoch feststellen, dass Kirsche sich immer viel Zeit ließ, bis sie eine Nachricht von ihm gelesen hatte. So saß er vor der dating-Seite und wartete teilweise Stunden, bis eine Nachricht gelesen oder verfasst wurde. Mittlerweile war es Mittag und die Hälfte des Tages hatte er mehr oder weniger kreativ hinter sich gebracht. Doch jetzt begann er größte Schwierigkeiten mit dem Warten zu bekommen. Er war definitiv nicht der Geduldigste, aber diese Art warten und auf den Bildschirm starren war definitiv zu viel für ihn. Er rollte zum Esstisch rüber, wo ein kleiner Beutel Gras lag, das er von seinem letzten Holland-Ausflug mitgebracht hatte und baute sich einen kräftigen Joint. Er setzte sich gemütlich auf seine Couch und zündete sich genussvoll seinen Joint an. Je weiter er diesen herunter geraucht hatte, desto mehr spürte er eine große Ruhe in sich aufsteigen. Eine Ruhe, die ihm in genau diesem Moment gefehlt hatte. Wieder setzte er sich an den Computer, aber Kirsche hatte ihm keine neue Nachricht geschickt. Eigentlich hatte er sich für heute vorgenommen, bei Langeweile sein aktuelles Buch zu nehmen und ein paar Seiten zu lesen, aber mit der Droge in seinem Schädel war daran nicht mehr zu denken. Jetzt schien der Tag viel mehr erledigt zu sein, er nahm Tabak, Grass und Blättchen, legte sich aufs Bett und schaltete den Fernseher ein. Das Nachmittagsprogramm war ihm mittlerweile sehr gut bekannt und er wusste genau, wo er hinschalten musste, um nicht den allerletzten Müll sehen zu müssen. Er sah

eine Fernsehserie mit ausnehmend schönen Menschen, die alle ohne große Schwierigkeiten, nie alleine und mit viel Freude durchs Leben gingen. Er setzte sein derzeitiges Leben daneben und dachte an frühere Zeiten, in denen er manchmal froh war, keinen Besuch zu haben, um ein Bisschen Zeit für sich zu haben. Heute sah alles so völlig anders aus, seit seine Ex sich von ihm getrennt hatte. Wenn er an sie dachte, spürte er einen großen Groll in sich aufsteigen, den er trotz größter Bemühungen nicht schmälern konnte. Außenstehende hätten denken können, dass sie sich wegen seiner Behinderung getrennt hatten. Auch wenn sie es nie wirklich ausgesprochen hatte, hat sie sich von ihm getrennt, weil es sexuell bei ihm etwas außergewöhnlich lief, sie aber wieder einmal völlig normalen Sex mit einem völlig gesunden Mann haben wollte. Manchmal schob sie diese Trennung auch auf sein regelmäßiges Bedürfnis, sein Bewusstsein mit Hilfsmitteln zu erweitern, wobei sie einen mindestens ebenso großen Hang dazu hatte. Ein Sänger sang: Sterne im Bauch, Scherben im Herzen, was sehr gut seinen Zustand wieder gab. Sie hatte eine ganze Reihe Scherben in seinem Herzen zurück gelassen, während er gerade jetzt, wo sich Frauen für ihn interessierten Sterne im Bauch spürte. Auch hatte seine Frau noch nach der Trennung behauptet, dass es für ihn doch in seiner Lage unglaublich schwierig werden würde, eine neue Partnerin zu finden und jetzt hatte er sich fest vorgenommen, ihr das Gegenteil zu beweisen. In den nächsten Tagen, die alle sehr ähnlich verliefen, schrieb er regelmäßig mit Kirsche hin und her und spürte mehr und mehr die Sterne in seinem Bauch. Es erfreute ihn, dass sich eine Frau für ihn interessierte, obwohl er im Rollstuhl saß. Das Telefon klingelte. Es war sein alter Musikerkollege Frank der vom Kauf eines neuen Gerätes zum Musizieren berichtete und wie genial dieses war. Sie fachsimpelten ein Bisschen miteinander und sprachen darüber gegebenenfalls in den nächsten Wochen mal gemeinsam nach Holland zu fahren. Es würde für diesen Tag wahrscheinlich sein einziger Anruf bleiben und er versuchte durch das Anschneiden verschiedener Themen das Telefonat zu strecken. Danach legte er sich wieder auf das Bett und schaute weiter in seinen Fernseher, in dem wieder nichts wesentlich Neues zu sehen war. Unerwarteterweise klingelt das Telefon erneut und am Telefon war Kirsche. Er war so forsch gewesen, ihr bei einer seiner Nachrichten seine Telefonnummer zu geben und sie hatte nicht lange gewartet, ihn anzurufen. Sie sprachen über die gemeinsame genutzte dating-Seite und die bisher gemachten Erfahrungen. Er konnte nicht viel erzählen, während sie bereits über eine enorme Menge an Erfahrungen berichten konnte. Sie hatte sich bereits mit einer ganzen Reihe an Männern getroffen, ohne dass jedoch der Richtige dabei gewesen war. Dann sprachen sie über die Männer schlechthin und merkwürdigen Eigenarten wie lügen oder ihr Bedürfnis, eine neue Beziehung einzugehen, ohne mit der alten richtig abgeschlossen zu haben. Ihr gesamtes Telefonat dauert gut und gerne zwei Stunden, in denen es nicht einmal zu peinlicher Stille kam. Kirsche sprach wiederholt davon, wie angenehm seine Stimme klingen würde und er fühlte sich jedes Mal sehr geschmeichelt. Am Ende vereinbarten sie noch ein gemeinsames Treffen am kommenden Wochenende. Sie wollten sich zu einem gemeinsamen Frühstück treffen, was ihm sehr gut passte, weil er dann nicht in seiner Gewohnheit gestört wurde, spätestens am Mittag zu kiffen. Bevor seine Lieblings-Kochsendung im Fernsehen lief, rief letztendlich noch seine Ex an, weil sie zum letzten Mal gemeinsam steuerlich veranlagt wurden. Es ging um eine Unterschrift auf dem Formular zum Lohnsteuerjahresausgleich und das sie gerne in den nächsten Tagen vorbei kommen würde. Er war um die größtmögliche Sachlichkeit bemüht, musste jedoch spüren, dass ihm diese Frau nicht ganz gleichgültig war und auch wenn sie ihm sehr weh getan hatte, war dort noch ein großes Gefühl für sie. Wieder aufgelegt dachte er an Kirsche und die Tatsache, dass er nun noch zwei Tage hinter sich bringen musste, bis sie sich treffen würden. Bereits jetzt überlegte er, was er zu ihrem Treffen anziehen würde. Ein gewisses Maß an Eitelkeit war auch ihm nicht abzusprechen und gerade für ihn als Rollstuhlfahrer war es außergewöhnlich wichtig, sich vernünftig zu kleiden. Auch den Rest des Abends verbrachte er vor dem Fernseher und drehte sich hin und wieder einen kleinen Joint zur Beruhigung und um sich das Warten zu erleichtern. Gegen halb zehn schlummerte er dann allmählich vor dem Fernseher ein, schaltete jedoch noch rechtzeitig den Timer seines Fernsehers auf sechzig Minuten, um diesen nicht wieder die ganze Nacht laufen zu lassen.

Der nächste Tag schien auch wieder ohne besondere Höhepunkte zu verlaufen. Einer seiner ersten Gedanken galt wieder Kirsche und ihrem sehr angenehmen Telefonat vom Vortag. Alles geschah wie am Vortag außer dass er heute nicht wieder schmutzige Internetseiten ansurfte. Stattdessen griff er nach dem wach werden mal wieder nach seiner Gitarre und solierte zu Musik, die er vor einigen Tagen auf dem Computer arrangiert hatte. Er stellte die Gitarre nach einer Weile wieder zurück auf den Ständer und machte sich daran, seinen ersten Joint dieses Tages zu bauen. Gerade hatte er diesen geraucht, als es an der Tür klingelte. Es war seine Ex, wegen der angedeuteten Unterschrift. Während sie noch in seinem Wohnzimmer stand, fiel im auf, dass sie erstens unglaublich weit weg schien und er sie zweitens gar nicht richtig ansah, was er früher einmal sehr gerne getan hatte. Als sie die nötige Unterschrift hatte war sie auch schon wieder verschwunden. Seine große Aufgabe war es nun, diesen Tag vor seinem Treffen mit Kirsche hinter sich zu bringen. Er begann damit, sich wieder auf sein Bett zu legen und den Fernseher anzuschalten. Nach zwei bis drei Stunden und einem denkbar langweiligen Programm, verließ er das Bett wieder und setzte sich an den Rechner, um zu sehen, ob er neue Nachrichten erhalten hatte. Und wirklich: eine erst 26 Jahre alte Frau hatte ihm geschrieben. Sie erzählte, sie habe auch ein Problem mit dem Laufen, was an einer Enchondralen Dysostose lag. Die Tatsache, dass ihm eine so junge Frau schrieb, schmeichelte ihm natürlich sehr, auch wenn er nicht verbergen konnte, dass die Behinderung dieser Frau nicht gerade seinem Ideal entsprach. Trotzdem schrieb er ihr höflich zurück, was den ganzen Tag so weiter ging. Am späten Abend fiel ihm auf, dass er mal wieder das Essen vergessen hatte. Er hatte so lange nichts gegessen, dass er mittlerweile auch keinen Hunger mehr hatte. Der Dialog mit seiner 26-jährigen wurde ihm allmählich doch etwas zu zäh, so dass er sein Laptop schloss und es vorzog, wieder den Fernseher anzuschalten. Auch an diesem Abend würde er wieder ganz allmählich vor dem Fernseher einschlafen und wieder einen langweiligen Tag beenden.

Am nächsten Morgen war es endlich soweit. Er würde Kirsche treffen. Er gab sich heute nach wieder mal unzähligen Zigaretten besondere Mühe, als es darum ging, sich zu reinigen. Eine ganze Weile stand er vor dem Kleiderschrank, obwohl er sich bereits überlegt hatte, was er anziehen wollte. Am Ende nahm er doch genau das aus seinem Kleiderschrank, was er sich vorgenommen hatte, eine saubere Jeans und einen grauen Rollkragenpullover. Bevor er in seine Kleider stieg, cremte er sich gründlich ein. Auch bei der Wahl seiner Unterhose war er sehr sorgfältig. Er wusste schließlich nicht, was alles passieren würde. Beim Packen seiner Tasche war er ebenfalls sehr weitsichtig und bemühte sich nichts zu vergessen, was vielleicht mal gebraucht werden würde. Heute brauchte er nicht zum Bäcker um die Ecke fahren und sich zwei einsame Brötchen kaufen, die er dann einsam Frühstücken würde. Dann begann das große Warten. Er war derart ausgeruht, dass er immer schon sehr früh aufwachte und hatte nun noch zwei gute Stunden vor sich. Das Buch, das er sich nahm legte er sehr bald wieder weg, weil er sich beileibe nicht konzentrieren konnte. Wieder setzte er sich vor den Fernseher, der ihm in letzter Zeit ein sehr wesentlicher Gefährte geworden war. Die morgendlichen Stunden vergingen immer schneller, so dass die zwei Stunden, bis er sich endlich in sein Auto setzen konnte, sehr schnell vergingen. Überpünktlich kam er an ihrem vereinbarten Treffpunkt, einem kleinen Café an und wartete auf sie. Er zündete sich eine Zigarette an, weil er wusste, dass immer dann, wenn man sich gerade eine angezündet hatte, dass passiert, worauf man wartet, wie der Bus, der gerade dann kam. Er rauchte seine Zigarette jedoch zu Ende, ohne dass Kirsche kam. Also wartete er weiter. Nach einer Weile sah er sie von fern ankommen. Zuerst war er noch sehr aufgeregt, sah er sie doch nur aus der Entfernung. Je näher sie jedoch kam und je mehr er von ihr erkennen konnte, desto mehr wurde er jedoch ruhiger und enttäuschter. Sie hatte weit mehr Pfunde drauf, als er gedacht hatte. Und trotz seiner Behinderung hatte er nicht sein Faible für schlanke Frauen verloren, und sie gehörte zu seinem Bedauern nicht dazu. Trotzdem begrüßte er sie in der ihm anerzogenen Art und Weise. Sie betraten gemeinsam das Café, suchten sich einen guten Platz und bestellten sich Milchcafés. Ohne Stocken ließen sie das Gespräch laufen und auch wenn sie nicht im Geringsten seinen Vorstellungen entsprach, war er darum bemüht, ein interessanter und charmanter Gesprächspartner zu sein. Sie besprachen ihre gesamten Leben inklusive aller wesentlicher Details, wie ihre Eltern und ihren

Standpunkt ihnen gegenüber, Politik, Essen und Mode. Er sah es mittlerweile als gute Übung für kommende Treffen an und kam nicht umhin zu spüren, wie sie ihm von mal zu mal sympathischer wurde. Trotzdem wanderte sein Blick immer wieder auf ihre billigen Schuhe, irgendwelche Billig-Sneaker, die mittlerweile schon etwas ausgetreten waren. Für ihn zeigte dieser Umstand, dass sie nicht über sehr viele finanzielle Mittel verfügte. Nach einem gemeinsamen Frühstück entschieden sie sich, einen kleinen Spaziergang zu machen, so dass sie das Gefühl bekommen konnte, wie es ist, neben einem Rollstuhlfahrer her zu gehen. Bisher hatte sie schließlich keine Erfahrungen mit solchen Menschen. Sehr schnell war ihr klar, dass darin kein Problem liegen würde. Sie sprachen weiter von Wertvorstellungen und welche Dinge im Leben ihnen wichtig waren. Nach einem ausgedehnten Rundgang gingen sie zu ihren Autos zurück, verabschiedeten sich und versprachen sich, sich weiter Nachrichten zu schreiben. Dass er nie wieder von ihr hören würde, hatte er nicht gedacht. Er stieg in seinen Wagen und steuerte ihn Richtung Heimat. Dort angekommen baute er sich seinen ersten Joint und dachte über Kirsche und ihr Treffen nach. Die Tage vergingen, er schrieb mit diversen Frauen und entwickelte dabei eine ungeheure Lässigkeit und das Anschreiben von ihm unbekannten Frauen gelang ihm immer leichter. Immer wieder war er verblüfft, wie viele Frauen doch mit dem Rollstuhl kein Problem zu haben schienen. Eine Frau war dabei immer sein Favorit und er träumte davon, sein Leben nicht mehr einsam und alleine zu verbringen. Sein aktueller

Favorit nannte sich Cassie07, wobei das 07 wahrscheinlich für die aktuelle Jahreszahl stand. In Wirklichkeit hieß sie Sophie, wie er sehr bald herausgefunden hatte. Sie würde die nächste Frau sein, die er zu treffen beabsichtigte. Er schrieb ihr weit mehr über sein Leben, als er es bei anderen getan hatte und sie schien selbst mit den heftigsten Problemen keine Schwierigkeiten zu haben. Es machte den Eindruck, dass sie auch in Bezug auf Körperlichkeit keine weiteren Probleme hatte und beschrieb sich mit allen Details, ebenso wie ihre sexuellen Vorlieben und Abneigungen. Immer wenn sie solche Dinge schrieb, konnte er eine gewisse Erregung nicht verbergen und bemühte sich, ihr mehr dieser Geheimnisse zu entlocken. Auch wenn er behindert war, hatte er doch eine große Affinität Dingen gegenüber, die dieses Thema betrafen und er war sehr erfreut, dass Sophie ganz ähnliche Phantasien hatte, wie er. Sie arbeitete in einer Bank und er war regelmäßig neidisch über die Tatsache, dass sie im Gegensatz zu ihm Arbeit hatte. Er hatte seinen letzten Job nach einer qualvollen Zeit von der Stelle weg gekündigt und hatte es für einen Zeitraum vorgezogen, ohne Beschäftigung zu sein. Er wusste, dass er im richtigen Moment eine neue Anstellung finden würde. Neben seinem Arbeitslosengeld hielt er sich mit kleineren Programmieraufträgen über Wasser, so dass er eigentlich sehr gut zu Recht kam und mehr verdiente, als zuvor. Frank Wildau, so war im Übrigen sein Name, kiffte Tag für Tag viel zu viel, um nicht seine Einsamkeit zu doll spüren zu müssen und träumte von den Frauen und all dem, was sie zu Frauen machte. Sophie und er kamen sich immer näher und es kam auch mittlerweile vor, dass sie zusammen telefonierten. Ein solches Telefonat dauerte in der Regel zwei Stunden und sie sprachen ununterbrochen über Gott und die Welt. Nach jedem ihrer Telefonate fühlte er sich unglaublich wohl und ein Stück bereichert. Der Tag rückte näher, an dem sie sich treffen würden. Sie hatten bei ihrem letzten Telefonat einen Treffpunkt und eine Zeit vereinbart. Es handelte sich nur noch um drei Tage. Erfahrungsgemäß würde er diese drei Tage problemlos in der üblichen Manier hinter sich bringen. Am nächsten Tag war das Wetter für den frühen Frühling unglaublich mild und Frank entschied sich, eine ausgedehnte Runde mit seinem Rollstuhl durch die Welt zu fahren. Bemüht, nichts zu vergessen, machte er sich für die große Tour fertig. Sein Walkman lief sehr laut, so dass er die Autos nicht hörte. Statt dessen war er zutiefst mit seinen Gedanken und seinem derzeitigen Leben beschäftigt. Er konnte sich vorstellen, dass viele Arbeitslose mit ihrer Situation ganz und gar nicht unzufrieden waren, ihn störte dieser Umstand des nicht Arbeitens ganz enorm und er fühlte sich wertlos. In dieser Stimmung dauert es vier Stunden, bis er sein Haus wieder sah. Zuhause angekommen rauchte er sich zuerst eine normale Zigarette und schaute nach, ob ihm irgendeine Frau geschrieben hatte. Er ging an den Kühlschrank, fand jedoch nichts, was seinem Appetit genüge getan hätte, rollte zurück ins Wohnzimmer und begann sich einen Joint zu bauen. Es war mittlerweile früher Nachmittag und er war froh, nicht schon am frühen Morgen gekifft zu haben, sondern sich bei diesem kolossalen Wetter draußen bewegt zu haben. So legte er sich wieder auf sein Bett und schaute im Fernseher nach, ob nicht irgendetwas Interessantes zu sehen war. Der Rest des Tages verging, wie im Flug und es freute ihn, nicht wieder stundenlang warten zu müssen. Der Rest des Tages verging sehr schnell und irgendwann schlief er auch heute wieder bei laufendem Fernseher ein. Einer nach dem andren Tag vergingen ohne große Höhen oder Tiefen. Dann kam der Tag, an dem er Sophie treffen wollte und auch an diesem Tag bemühte er sich wieder sehr um sein Äußeres und packte seinen Rucksack voller Bedacht. Er war wieder gegen sieben wach geworden und überbrückte nun die Wartezeit mit dem Fernseher. Auch Tabak fehlte in diesem Moment in keinster Weise, so dass er viele von ihnen am Ende im Aschenbecher ausdrückte. Seine Gedanken begannen, sich um Sophie zu drehen und die letzten Nachrichten, die zwischen ihnen hin und her gegangen waren. Es war einfach nicht zu leugnen, dass diese voll mit versteckten sexuellen Anspielungen waren. War Sophie vielleicht eine von diesen Frauen, mit denen man im Bett den größten Spaß haben konnte? Er ging im Kopf noch mal alle ihre Nachrichten durch und bemerkte, wie er sichtlich erregt wurde, von dem Gedanken an Sophie und ihren Sex. Und genau mit diesen Gedanken stieg er auch in sein Auto, als die Zeit gekommen war, ohne an all die Möglichkeiten zu denken, die sich hinter ihrer sexuellen Anspielungen zu denken. Er war etwas früher als sie am verabredeten Treffpunkt und wartete erneut. Nach einer Weile sah er dann die Frau, die er treffen wollte, die Strasse entlang gehen und hörte ihre Absätze auf dem Pflaster des Bürgersteiges. Als sie dann näher kam und er ihr Gesicht sehen konnte, spürte er eine kleine Enttäuschung in sich aufkeimen. Leider war auch sie etwas zu korpulent für seinen Geschmack. Trotzdem begrüßte er sie so herzlich, wie er auch jede andere Frau begrüßt hätte, sie gingen gemeinsam in das Café, das sie als Treffpunkt auserkoren hatten. An einem sehr ruhigen Platz in einem der weniger frequentierten Teil des Cafés setzten sie sich und waren bereits mitten in einem anregenden Gespräch, das seinen Anfang bereits in ihren Telefonaten gefunden hatte. In keinem Moment begann ihr Gespräch auch nur ansatzweise zu stocken und wieder spürte er und noch heftiger als bei seinem ersten Treffen die wachsende Sympathie seinem Gegenüber entgegen. Nach einer Weile entschieden sie sich zu einem Spaziergang der sie am großen Gewässer entlang zu den etwas weniger besiedelten Stellen führte. Sie nahmen auf einer Wiese Platz, ohne ihr Gespräch in irgendeiner Weise zu unterbrechen. Sie legten sich ganz dicht nebeneinander, ohne sich dabei zu berühren. Beide spürten ein gewisses Maß an Anziehung, das vom Andern ausging. So oft es ihm möglich war, ohne aufdringlich zu wirken, berührte er sie ganz leicht und schaffte auf diesem Weg ein sehr vertrautes Gefühl. Die Ernsthaftigkeit ihrer Gespräche wechselte in Richtung einer Albernheit, der es nicht an Intelligenz ermangelte, ebenso wenig wie ihren Gesprächen. Sie hatte mal verlautbaren lassen, dass sie einen besonderen Hang zu klugen Männern hatte und er war bemüht, sich so intelligent als möglich zu zeigen. Immer wieder kramte er irgendwelche Weisheiten aus, die er während seiner

Studienzeit einmal gelernt hatte. Und diese Weisheiten erfüllten ihren Zweck, wie er zu merken glaubte. Jedes Mal, wenn er zu ihr sprach, kam er ihr enorm nahe und sog ihren weiblichen Duft tief in sich ein. Auch damit schien sie keinerlei Probleme zu haben, sondern kam viel mehr auch ihm ähnlich nahe, wenn sie ihm etwas erzählte. Alles in Allem sprach er mit einer derartigen Leichtigkeit und einem Selbstbewusstsein, dass man niemals vermutet hätte, er säße im Rollstuhl. Verstohlen gab er ihr einen zärtlichen Kuss auf ihre Wange und sie zeigte keinerlei Tendenzen, sich davon befreien zu müssen. Auch diese Geste bestärkte ihn, wie schon viele andere Gesten zuvor, immer lockerer und ungezwungen zu werden. Auch jetzt waren in ihren Gesprächen wieder sexuelle Anspielungen zu finden, die jedoch Anspielungen blieben und sich niemals in irgendwelche Aktionen änderten. Immer mutiger kam er ihr immer näher und spürte immer noch keinen Widerstand ihrerseits, bis er ihr schließlich einen kurzen Kuss auf den Mund drückte. Er hatte lange Zeit nicht mehr den Genuss eines Kusses zu spüren bekommen und fühlte nun dabei tief in sich hinein, um das Ausmaß dieses Kusses deutlich spüren zu können. Sie sprachen beide locker weiter, als wäre nichts passiert und nach einer Weile war er erneut so mutig, sie zu küssen, nur diesmal weitaus länger. Wieder hatte er mit Nichten das Gefühl, etwas zu forsch gewesen zu sein und bereits kurze Zeit später küsste er sie erneut und versuchte ihr leicht, seine Zunge in den Mund zu stecken. Die Tatsache, dass sie ihren Mund nur sehr leicht öffnete, verunsicherte ihn ein wenig. War das am Ende ihre Art zu küssen oder hatte sie vielleicht ein Gebiss, dass sie nicht verlieren wollte? Er bemühte sich, sich nicht davon beeindrucken zu lassen, sondern redete ungezwungen weiter und küsste sie ab und an. Und mehr und mehr war sehr deutlich zu spüren, dass sie mit diesen Küssen keinerlei Probleme zu haben schien, sondern diese richtig gehend genoss. Nach einer Weile auf der Wiese entschlossen sie sich, in einem nahe gelegenen Café einen weiteren Milchkaffee zu sich zu nehmen. Zu seinem großen Glück verfügte dieses Café über eine Behindertentoilette, die er mit Vergnügen aufsuchte. Beide hatten größtes Vergnügen daran, die vorbeiziehenden Menschen zu beobachten und sie saßen so auch immer mal wieder schweigend und staunend hinter ihren Kaffeetassen. Nach ihrem Kaffee entschieden sie sich einhellig zu einem Besuch in einem der Restaurants. So machten sie sich auf den Weg und er kämpfte enorm mit dem alten Kopfsteinpflaster und seiner Angst, mit seinen Vorderrädern in einer der großen Lücken hängen zu bleiben. Auf ihrem weiteren Weg erzählte er ihr, trotz Kopfsteinpflaster, von seinem letzten Besuch in Barcelona und der herrlichen dortigen Altstadt mit seinen vielen spanischen Restaurants. Sein Plan war es, sie in eines dieser kleinen spanischen Restaurants zu entführen und mit ihr etwas dieses mediterranen Gefühls zu erleben. So geschah es dann auch und schon sehr bald saßen sie vor einem dieser Restaurants an einem kleinen Tisch. Ganz allmählich schien ihnen der Gesprächsstoff auszugehen, wobei es so schien, als würde nur er dies merken, denn sie verhielt sich weiter so locker und ungezwungen wie zuvor. Nun schaute er zum ersten Mal auf seine Uhr und musste verwundert feststellen, dass er nun schon mehr als sechs Stunden mit dieser Frau zusammen war, die so gar nicht seinem Schönheitsideal entsprach. Was ihm jedoch an ihr Freude machte, war ihr ausgesprochen großer Busen, den sie auch durchaus stolz zur Schau trug. Immer wieder fand er seinen Blick an diese sekundären Geschlechtsmerkmale geheftet und bemühte sich, ihr nicht zu zeigen, wie sehr ihm ihr Busen gefiel. Sie hatte ihm bereits am Telefon, als sie sich beschrieb, auch ihren Busen beschrieben, aber derart groß hatte er ihn sich nicht vorgestellt. Genießerisch aßen sie ihre Tapas; glücklicherweise hatte er sich nur zwei kleine Portionen bestellt, da sein Appetit in letzter Zeit arg zu wünschen übrig ließ. Ohne zum Abschluss einen Espresso zu sich zu nehmen ließen sie die Rechnung kommen, teilten den zu zahlenden Betrag gerecht und verließen das Restaurant. Wie automatisch gingen sie in Richtung seines Autos und ein Bisschen bedrückt musste er feststellen, dass sie dieses sehr bald erreicht hatten. Mit einem innigen Kuss verabschiedeten sich die Beiden und versprachen sich, sich gegenseitig Nachrichten über ihr Treffen zu schicken. Dann war er mit einem Mal wieder allein und konnte das Spiel mit seinen Gedanken weiter spielen. Immer wieder kam er in Gedanken der Frau näher, die er eben getroffen und geküsst hatte. Die Gefühle seine abends würden immer wieder die Dualität ihrer Erscheinung beinhalten. Auf der einen Seite stand das Gefühl und die Zärtlichkeit, mit der sie ihn geküsst hatte und auf der anderen Seite war dort das Gewicht, das ihm weiterhin ein großes Problem machte. Er ging sogar so weit und dachte zeitweise, dass es in seinem Zustand doch vielleicht besser sei, die Ansprüche an eine Frau doch weniger hoch an zu setzen. In diesen Momenten wäre er sogar bereit gewesen, über ihr Gewicht hinweg zu sehen und sich voll und ganz auf den Menschen dahinter ein zu lassen. Die Tage vergingen, wie die Tage zuvor, ohne irgendwelche Höhepunkte. Er brillierte erneut mit seiner Ungeduld und versuchte jeden Tag wenigstens eine sinnvolle Sache durch zu führen. Sophie schrieb ihm regelmäßig Nachrichten und er wusste nicht wirklich, wie er damit umgehen sollte. Es schien in der Tat so zu sein, dass dort eine Frau ein wirkliches Interesse an ihm hatte. Höflich reagierte er auf jede ihrer Nachrichten und schrieb ihr stets zurück. Auch die sexuellen Anspielungen, die wieder von ihrer Seite kamen, reagierte er, in dem er mit ähnlichen Inhalten konterte. Es war bereits Donnerstag und nun schon vier Tage her seit ihrem ersten Treffen. Außerdem stand das Wochenende bevor, für das er bisher keinerlei Pläne hatte. So macht er ihr im Laufe des Tages den Vorschlag, sich doch am Wochenende zu treffen. Er würde auch zu ihr kommen, was gut und gerne 80km entfernt war und er würde gerne schon früh kommen. Mit dem Frühkommen reduzierte er die Gefahr, dass er noch vor ihrem Treffen kiffen könnte. Gleichzeitig würde er natürlich auch die Wartezeit an diesem Tag reduzieren können. Ohne großes Zögern willigte sie ein und schlug 12 Uhr als Zeitpunkt vor. Er wollte mit ihr nicht um die Zeit feilschen, so dass er einwilligte und ihr versprach, für den Nachmittag Kuchen mitzubringen. Es schien ihm, als würde sie sich über die Verabredung freuen und er tat sein Bestes, über diese Tatsache stolz zu sein. Nicht mal mehr zwei Tage dachte er und freute sich definitiv über den Termin am Wochenende, ohne dabei zu viel von dieser Freude zu zeigen. Inzwischen waren es vier Frauen, mit denen Frank sich wechselseitig Post austauschte. Er antwortete wie gesagt immer, auch wenn die Frau nicht seinem Ideal entsprach. Dann war er lediglich etwas kürzer angebunden, in der Hoffnung, die Frauen würden es merken und sich nicht wieder melden. Ihnen direkt und offen zu sagen, dass er an ihrem Äußeren nicht interessiert sei, konnte er noch nicht. Der Rest des Tages verging also mit einiger Konversation, in der er sein Äußerstes daran setzte, die Frauen, die er interessant fand gut zu unterhalten. Am nächsten Morgen wurde er wach mit dem Gefühl, Bäume ausreißen zu können. Es war ihm gleich völlig klar, dass dies der richtige Tag für sportliche Aktivität sei. So packte er schnell nach dem Frühstück seinen Rucksack mit den nötigen Utensilien, setzte sich mit Fahrradhandschuhen auf seinen Straßenrollstuhl und rollte los in Richtung Stadtmitte. Sein Bewegungsdrang reichte so weit, dass er die nächste große Stadt ansteuerte, ein Weg, der ihn bestimmt zwei Stunden kosten würde. Er hatte keine Termine an diesem Tag und er war arbeitslos, also warum nicht den Tag damit verbringen, mit dem Rollstuhl umher zu fahren und dabei schöne Musik über den Walkman hören? Unterwegs würde er sicher auch eine passende Stelle für sein Mittagessen finden, auch wenn ihn das alleine Essen regelmäßig traurig machte. Nach wenigen Kilometern schmerzten seine Arme nicht mehr und auch wenn er zeitweise nur einhändig fahren musste, weil der Bürgersteig zur Strasse hin abschüssig war und er folglich immer Richtung Strasse rollte, hatte sich eine gewisse Lethargie eingeschlichen, die ihn beharrlich fortkommen ließ. In den Vororten der Großstadt angekommen, musste er sich im ersten türkischen Laden erstmal Batterien für seinen Walkman kaufen, aus dem seit geraumer Zeit keine Musik mehr gekommen war und er statt dessen die Autos auf der Strasse hören musste. Kleine Hindernisse überwand er auf die gleiche, routinierte Art und Weise, in dem er den Rollstuhl leicht ankippte, größere Hindernisse umfuhr er weiträumig. Er war insgesamt sechs Stunden unterwegs, bevor er sein Haus wieder sah und freute sich nun um so mehr auf sein Bett und etwas Illegales zu rauchen. Noch bevor er seine Jacke ausgezogen hatte, schaltete er den Fernseher ein. Nach der Jacke drehte er sich einen Joint und legte sich genüsslich und befriedigt auf sein Bett. Jetzt waren es nur noch wenige Stunden, bis er mal wieder mit einem anderen Menschen als seiner Mutter sprechen konnte. Wieder schlief er recht früh vor dem Fernseher ein, nicht ohne dessen Timer auf 60 Minuten gestellt zu haben. Am nächsten Morgen begann er recht bald damit, seine Wohnung auf Vordermann zu bringen. Selbst wenn ihm dabei mal etwas auf den Boden fiel, was recht häufig vorkam, hebe er es ohne einen Anflug von Aggression wieder auf und fuhr mit dem Aufräumen fort. Er konnte es nicht leiden, Geschirr spülen zu müssen, doch selbst das geschah ohne Murren. Schließlich gab es nichts mehr, was noch hätte erledigt werden müssen, so dass er die übliche Wartestellung vor dem Fernseher einnahm. Er kalkulierte lange, wie viel Zeit er benötigen würde, den Kuchen zu holen, und er würde wirklich einen großartigen Kuchen holen wollen, und schließlich die 80km zu ihr zu fahren. Einsam rollte er dann eine Weile später den Kuchen holen und einsam rollte er wieder zurück zum Wagen. Dann nun noch diese letzte Strecke, bis dort wieder ein Mensch sein würde, mit dem er reden konnte. Nach einiger Sucherei fand er ihre Strasse, auch wenn der Plan, den er aus dem Internet hatte, völlig defizitär war. Nur das er glatte 20 Minuten zu früh war. Die Zeit überbrücken, in dem er in die Stadt rollte, war nicht das, was ihm in diesem Moment entsprach und nichts hätte ihn jetzt mehr reizen können, als bei ihr anzuklingeln, auch wenn es noch viel zu früh war. So kam sie auch bequem gekleidet an die Tür und sagte ihm, dass sie noch duschen müsse, wozu sie bisher keine Zeit gehabt hätte. Er sagte nur ruhig, sie solle sich Zeit lassen und sich durch ihn bloß nicht hetzen lassen und sie verschwand wieder hinter der Tür. So saß er auf dem Bürgersteig und überlegte nicht lange, bis er den Tabak aus der Jacke zog, um sich eine Zigarette zu drehen. Sie war Nichtraucherin und er wollte sie so wenig als möglich mit dem lästigen Rauch konfrontieren. Nach dieser Zigarette dauerte es immer noch eine Weile, in der er schon fast erneut mit dem Gedanken gespielt hatte, sich wieder eine Zigarette zu drehen. Dann plötzlich öffnete sie erneut die Tür und zeigte sich in einem gewagt tief ausgeschnittenen, schwarzen Kleid und herrlichen Sling Pumps. Er begrüßte sie erneut und entschuldigte sich nochmals, dass er so früh gekommen war, hoffend, dass sie am Ende wirklich keinen Stress gehabt hatte. Sie verneinte schlichtweg und sie gingen in ihre Wohnung, die er schließlich nie zuvor gesehen hatte. Erstaunt über ihre Stylsicherheit schaute er sich in Ruhe um und musste eine Vielzahl an Engeln erkennen, die in der gesamten Wohnung verteilt waren. Ansonsten hatte sie die Einrichtung mit einer üblichen weiblichen Treffsicherheit eingerichtet und ein wenig war er beschämt über seine eher karge und nur zweckmäßige Wohnung. Vor allem ihre immer wieder auftauchenden weißen Möbel neben dem Klavier und dem weißen Sofa vielen ihm auf. Sie wirbelte inzwischen durch ihr Schlafzimmer und bekleidete sich schnell noch mit einer sehr leichten Strickjacke, die sie in der Eile nicht gefunden hatte. Sie kam wieder zu ihm und fragte ihn, ob er etwas trinken wolle. „Wenn es für Dich keinen Stress bedeutet, dann gerne einen Café. Aber nur dann", kam es ihm schnell in den Sinn. Sie machte Café und er schaute ihr durch die Küchentür zu. Sie hatte kleine, herzförmige Zuckerstücke, über die er bei ihrer scheinbaren Sachlichkeit eher erstaunt war. Sie tranken ihren Café und unterhielten sich dabei locker. Er merkte, dass er nach so langen Tagen des Schweigens immer extra gesprächig war. Sie entschieden sich im Anschluss einen Spaziergang durch den nahe gelegenen Park zu starten. Während dieses Spaziergangs, der durch einen wirklich wunderschönen Park führte, spielten sie miteinander und vorsichtig forschend auf mit ihrer Sexualität, in dem sie immer wieder Bemerkungen von sich ließen, die eindeutig darauf hin zielten. Er nutzte jede Gelegenheit, ihr auf die Schuhe und Füße zu schauen und war sehr überrascht, eine Frau zu finden, die gerne auf hohen Schuhen lief. Heute waren viele Frauen auf Sneakers oder Turnschuhe eingestellt. Sie setzte sich auf eine Bank in der Sonne und er stellte sich mit dem Rollstuhl quer daneben und er beichtete ihr von seiner Angewohnheit mal mehr, Mal weniger gegen das Betäubungsmittelgesetz zu verstoßen. Sie lauschte seinen Worten, dachte darüber nach, in wie weit sie diese Tatsache betreffen würde und sagte nur: „Wenn Du nicht unbedingt willst, dass ich kiffe, ist es kein Problem." Er war erleichtert und kramte nach dem Rucksack, den er über seine Lehnen gehängt hatte. Sie redeten weiter und ein erster Kuss an diesem Tag wurde von den Beiden geteilt, die man gut mit den balzenden Vögeln im nahen Gehege zu finden waren. Er griff zielsicher in seinen Rucksack, holte einen zuvor gefertigten Joint heraus und ließ sie damit verwundern. Sie dachte nicht, man könne tagsüber im Park einen Joint rauchen, sondern man müsse dafür den Raum verdunkeln, so dass einen niemand sehen konnte. Er zündete sich den Joint an und machte es sich in seinem Rollstuhl bequem, wobei er weiter und unverändert mit ihr Konversation hatte. Auch als der Joint seine Wirkung zeigte, sprach er weiter, ohne dass sie eine maßgebliche Änderung in seinem Verhalten verzeichnen konnte. Er war es schließlich gewöhnt und somit hatte sich die Wirkung mehr als reduziert. Trotzdem fühlte er sich frei und leicht und freute sich über den Gedanken, dass er derzeit in keiner Sekunde an seine Ex gedacht hatte, die sonst jeden seiner Tage begleitet hatte. Sie traten den Rückweg an und es fühlte sich für ihn an, als würde ein kleines Mädchen neben einem jungen Mann hergehen und als wüssten beide nur zu gut, was gleich noch passieren würde. Sie wohnte Hochparterre und um ihre Wohnung zu erreichen, hatte er acht Stufen zu überwinden. Auf der einen Seite war er sehr froh, dass er dieses Hindernis noch überwinden konnte, andererseits konnte er es nicht leiden, laufen zu müssen, wenn er gekifft hatte, da ihm das dann besonders schwierig zu fallen schien. Innerhalb weniger Male hatten sich die Beiden zu einem guten Team entwickelt, wenn es darum ging, den Rollstuhl gemeinsam diese acht Stufen hoch zu heben. Sie alleine wollte er das nicht tun lassen und so ging sie langsam wie er die Treppe hinter ihm hinauf, während er mit einer kräftigen Hand den Rollstuhl fasste. Sie pfiff ihm in der Wohnung unmittelbar etwas entgegen wie Essen kochte und als sie erst in der Küche verschwunden war, konnte er keines ihrer Worte verstehen. Sie kochte etwas aus Dosenpfirsichen und Hähnchenbrust, wozu er gebeten wurde, den Knoblauch zu schälen und zu haken. Er erledigte seine Arbeit akkurat und verblüffte sie sogar damit, wie er mit dem Messerrücken die Knoblauchzehe platt drückte, damit sie so leichter zu schälen war. Überhaupt war sie durchaus verblüfft über seine gesamte Person, was von seinem Gesprächsstil und seiner Wortwahl anfing und über seine geistreichen Erzählungen zu seinem guten Geschmack reichte. Schließlich hatte er sie sich ja ausgesucht und sie konnte sich gut leiden. Das merkte man auch bei jeder ihrer Bewegungen, in denen viel Weiblichkeit und Sex mitschwangen und was ihm in diesem Moment durchaus gut gefiel. Sie aßen sehr langsam und das gekochte schmeckte besser, als er vermutet hatte. Er hielt sich selbst für einen sehr guten Koch, wobei die wirklich schwierigen Dinge, die er mal gekocht hatte in indischen Dahls und Rindfleisch Vindaloo. Plötzlich dachte er an die Mädchen in seiner Straße an der Bushaltestelle, mit ihren knackigen Brüsten und den engen Hosen über den noch strammen Pos. Sofort, als ihm bewusst wurde, wohin er mit seinen Gedanken gewartet war, kam er zu seiner Gesprächspartnerin zurück, mit der der Gesprächsfaden selbst nach drei Stunden noch nicht abgerissen war. Sie hatte Espresso nach dem Essen vorbereitet. Den sie nun hineinholte, ein Moment den er zum Drehen einer Zigarette verwendete. Nach diesem Getränk ließ sie sich lasziv auf der Couch nieder und winkte ihn zu sich. Er zögerte nicht lange , bis er mit seinem Rollstuhl so nah als möglich zu Sofa rollte und sich dann dort hinüber setzte. Da das Sofa eher ein kleiner Zweisitzer war, saßen sich die Beiden sehr nahe gegenüber, sie schlug die kräftigen Beine übereinander und ließ erneut ihre hohen Schuhe sehen. Sie unterhielten sich weiter und er rutschte ihr nach und nach näher, je lockerer er versuchte zu sitzen. Schnell war dann dort auch ein weiterer Kuss und sie öffnete mittlerweile ihren Mund weit mehr, wenn sie einen Zungenkuss wagten. Die küsse, die folgten waren stets lang anhaltend und intensiv, während denen er ihren Bauch streichelte und sich bemühte, ihren schönen, vollen Busen zu berühren. Nachdem sie sich zwischen kurzen Wortwechseln mittlerweile sehr häufig geküsst hatten, war er mutig genug ihr auch an den Busen zu fassen und zu seinem

Erstaunen gefiel es ihr ausnehmend gut, wenn er vorsichtig ihre Nippel drückte. Es dauerte auch nicht mehr sehr lang, bis er ihr unter das Kleid fuhr und seine Hände über ihre großen Pobacken gleiten ließ. Bei dieser Gelegenheit spürte er, dass sie einen String trug und fragte sich, wie ein derart großer Hintern bei Tageslicht mit String aussehen würde. Er fühlte über den String und spürte, das er aus Spitze gefertigt wurde, was ihn sein letztes Bild vergessen ließ. Immer forschen rückte er ihr nahe, bis er allmählich alle ihre Bereiche erkundet hatte und vor nichts mehr zurück schreckte. Seine Hände hatten sich zu einem sehr brauchbaren Werkzeug entwickelt, wenn es darum ging, sich in Liebe zu vergehen. Nach einer ganzen Weile war auch sie auf die Idee gekommen, mal zu schauen, was sich in seiner Hose befand und spielte eifrig mit seinem Penis. So spielten sie eine ganze Weile an einander herum, bis er schließlich sehr heftig das Bedürfnis nach einer Zigarette verspürte. Sie war etwas verwundert, dass ein Mann in einer solchen Phase mit solchen Gedanken kam, stand aber auf und gab ihm den Weg zu seinem Rollstuhl frei. Er rollte zum Fenster und rauchte seine für heute letzte Zigarette bei Sophie während sie kurz im Bad verschwand, wie er vernehmen konnte. Sie trafen sich wieder in der Mitte des Wohnzimmers und er sagte ihr, dass er nun nach hause fahren werde. Sie nickte nur kurz und gab ihm einen Kuss. Er kramte seine Sachen zusammen, die er mitgebracht hatte, zog seine Jacke an und verabschiedete sich mit einem zärtlichen Kuss bei ihr.

In den nächsten Tagen musste er feststellen, dass er nur noch mäßiges Interesse an den sonst täglichen Besuchen auf Dating Seiten hatte. Es passierte zur Abwechslung mal einiges in seinem Leben, so kam seine Familie zu Besuch, ein alter Musiker Freund kam zum Frühstück oder er drehte eine extrem lange Runde zu seiner Schwester mit dem Handbike. Er dachte weiter an Sophies Fülle und seine Abneigung dagegen, hatte aber nicht den Mut, ihr dies klar und deutlich zu schreiben, so dass er lange über eine Ausrede sann, die er dann hätte unterjubeln können. Wie er sich kannte würde dies nicht lange Zeit in Anspruch nehmen und so war es auch und er schrieb ihr: „Hallo liebe Ute, es fällt mir mehr als schwer zu schreiben, aber eine andere Frau hat sich mit mir getroffen und es scheint, als sei sie die Frau, nach der ich gesucht habe. Ich hoffe Du bist über diese Tatsache nicht allzu traurig und behältst mich in guter Erinnerung". In diesen Tagen schrieb er regelmäßig mit einer Frau, die, wie er schnell feststellen durfte Iris hieß. Jedes Mal, wenn eine Frau sehr intensiv mit ihm schrieb und sie sich gut verstanden, spürte er etwas wie ein ganz leichtes Verliebtsein und freute sich über diesen Zustand. Aber auch Sophie und ihre vollen Schenkel gingen ihm nicht aus dem Kopf. Und manchmal ertappte er sich dabei, wie er einen Plan ausheckte, um wieder Kontakt zu ihr zu knüpfen. Aber erstmal war dort Iris, die auch mittlerweile zum ersten Mal angerufen hatte, was sicherlich ein Teil des Dating Spiels war. Es schien ihm, als habe sie sich während des Telefonats gut unterhalten gefühlt und schließlich hatten sie einen gemeinsamen Treffpunkt und eine Zeit vereinbart, so dass er sich durchaus sicher fühlte, wenn er an das bevorstehende Date dachte. Als er diese Frau traf war er leider sehr enttäuscht, da sie doch recht anders als auf ihrem Photo im Internet aussah und leider einiges mehr an Falten hatte, als zu erahnen war. Sie unterhielten sich ähnlich gut wie am Telefon und trotzdem fragte er sich hin und wieder, wie er aus dieser Nummer schnell wieder raus käme. Ihr Treffen dauerte etwas mehr als drei Stunden, sie verabschiedeten sich und versprachen sich, mittels einer Nachricht dem Anderen über ihr Treffen zu berichten. Das sie sich nie wieder schreiben würden, zumal sie auf eine Nachricht von ihm wartete und er im gleichen Maße auf eine Nachricht von ihr wartete, hätten sie beide zu diesem Zeitpunkt nicht geahnt. Er fuhr nach Hause und ging seinem alten Trott nach und dachte jetzt umso mehr an Sophie. Dann fasste er sich schließlich ein Herz und schrieb ihr, dass die Geschichte mit der anderen Frau dann leider doch nicht geklappt hätte. Auch schrieb er, dass die meisten Frauen doch in der jetzigen Situation ihm den Stinkefinger gezeigt hätten und dass sie das doch bitte in diesem Falle nicht auch tun solle. Und tatsächlich war sie ganz und gar nicht von ihm völlig entnervt, sondern antwortete eher fröhlich, dass sie es zwar auf der einen Seite bedaure, dass seine Erwartungen nicht erfüllt wurden, auf der andren Seite war sie darüber auch durchaus erfreut. Er schrieb ihr zurück, dass eine solche Reaktion doch von Charakterstärke zeugen würde und er hocherfreut sei. Außerdem schrieb er, sie seien doch schließlich Erwachsene und müssten von der Seite keine Spiele spielen. Sie stimmte ihm zu und nahm das Erwachsensein wohl etwas deutlicher, als er es gemeint hatte und sprach recht schnell davon, dass eine Affäre doch nichts verwerfliches sei, da man, wie er es gesagt hatte, doch schließlich erwachsen sei. Er war über ihre Reaktion sehr erstaunt und positiv überrascht und malte sich aus, wie eine Affäre zu dieser Frau aussehen könnte. Ein Rollstuhlfahrer, der eine Affäre hat, war bis dato wahrscheinlich auch eher selten vorgekommen. Und er freute sich sehr über diesen Umstand, vergaß sogar teilweise seine Marotten und hörte in letzter Zeit eher mal Radio, als den Fernseher anzuschalten, der dann teilweise alleine im Schlafzimmer vor sich hin lief. Sogar ein Buch schaffte er zu lesen, was eindeutig ein Ausdruck seiner neu gewonnenen Ruhe war. Abends telefonierte er hin und wieder mit Sophie und war stolz, dass diese Frau sich mit ihm abgab. Sicherlich fragte er sich manchmal, ob er ihr genau das geben könnte, was sie vermeintlich brauchte, aber er nahm sich vor, sich darüber keine Gedanken zu machen. Stattdessen verabredete er sich mit ihr zum nächsten Wochenende. Ihr Deal betraf nicht nur das Bett, vielmehr war es Beiden wichtig, auch gemeinsam Dinge zu unternehmen. So trafen sie sich schließlich auch in der nahen Großstadt zum Frühstück und wollten anschließend ein Bisschen durch die Stadt schlendern. Und so taten sie es auch: sie hatte eine merkwürdige rot-karrierte Regenjacke über den Arm gelegt, trug eine Jeans und ihre üblichen hochhackigen Schuhe. Zur Krönung trug sie ein Oberteil, dass wieder einmal extrem ihre Brüste zum Vorschein kommen ließ, auf die sie immer noch sehr stolz war. Auch seine berufliche Situation hörte auf, ihm Sorgen zu bereiten, denn schließlich hatte er sich mittlerweile unzählige Male beworben, ohne in der Regel auch nur eine Absage zu bekommen. So schlenderten sie durch die Stadt und bestätigten beide, dass sie keinen Hunger hätten. So machten sie sich nach einer Weile auf den Weg zu ihr, sie sagte ihm recht bald, dass sie noch ein paar Lebensmittel einkaufen müsse, da sie hierzu noch keinerlei Zeit gefunden hatte. Nach dem Einkauf fuhren sie unmittelbar zu ihr nach Hause, wo er sich unmittelbar auf die Couch setzte, um seinen Rollstuhl mal wieder verlassen zu können. Sie bereitete ganz automatisch zwei Tassen Café weil sie ja wusste, wie gern er ihn trank. Nach dem Café bot sie ihm etwas Alkoholisches an und er sagte dankend zu, weil er wusste, dass er heute nicht mehr Autofahren musste. Sie sprachen über das Erlebte der letzten Tage und es wäre eigentlich korrekter zu sagen, er hörte ihr zu, während sie über ihre Woche berichtete, da er in den letzten Tagen mal wieder nichts erzählenswertes erlebt hatte. Es dauerte diesmal weit weniger lang, bis sie den ersten Kuss austauschten. Schnell streichelte er wieder und ihrem Rock ihre Schenkel die sie leicht öffnete und ihm damit signalisierte, er könne ruhig weiter forschen. So fand er auch recht bald während eines sehr intensiven Kusses den Weg zwischen ihre Beine und bewegte vorsichtig ihren String zur Seite. Es erstaunte ihn ein wenig, wie laut sie wurde, wenn er sie auf die richtige Art und Weise anfasste. Nur kurze Zeit später schlug sie ihm vor, vielleicht doch das Bett auf zu suchen. Sie zündete ein paar Kerzen im Schlafzimmer an und schaffte somit innerhalb kürzester Zeit, die richtige Atmosphäre für ihr Vorhaben zu treffen. Als die Kerzen brannten, zog sie sich noch schnell ein Negligee an, weil sie wusste, wie sehr er es mochte, wenn man sich fraulich kleidet. Das Negligee diente ihr gleichfalls als BH, was wiederum ihre Brüste vorteilhaft zur Geltung brachte. Er zog sich schlichtweg bis auf sein T-Shirt seine gesamten Kleider aus und beide legten sich nebeneinander auf das Bett. Wieder fanden seine Finger zu ihrer Scham und er drang vorsichtig mit zwei Fingern in sie ein und musste erfreut feststellen, dass sie schon recht feucht war. Er hatte nun bereits mehrfach ihre Klitoris gespürt, als er aber nun mit dem Mund dorthin fuhr, erkannte er erst ihr volles Ausmaß. Eine zeitlang spielte er dort mit Mund und Zunge, sie lag nur still dort und genoss, was geschah. Er hatte sich schon vor einer Weile darum gekümmert, dass für eine ausreichende Erektion erforderlich Medikament zu schlucken. Wie er nun wieder mit seinen Händen sich um ihre Brust kümmerte, spürte er zu seiner Freude, dass sich das Ding zwischen seinen Beinen zu regen begann. Er ließ von ihr ab, legte sich gemütlich neben sie und begann, sich selbst zu berühren, um somit eine für den Beischlaf ausreichende Erektion zu provozieren. Sie schaute ihn sich kurz an und begann dann automatisch, sich ebenfalls selbst anzufassen und begann leise und kontinuierlich vor sich her zu stöhnen. Er hatte ihr bereits berichtet, dass er, um eine Erektion möglichst lange zu halten, einen Gummiring benutzte, den er nun aus seiner Tasche holte. Er fragte sie nach einem Gleitgel und der Name der Tube, die sie nach kurzem Überlegen vorholte, amüsierte ihn ganz enorm und er musste an einen dieser Russ-Meyer-Filme denken, in denen diese Creme wohl ohne Bedenken durchgekommen wäre. Er spielte weiter an seinem Penis und beobachtete jede ihrer Bewegungen. Er tropfte etwas Gleitgel auf seine Eichel und zog dann den Gummiring über, so dass ein stark erigiertes Glied von ihm ab stand. Er sagte nur, sie möge kommen und schon setzte sie sich auf ihn drauf und schob sein Glied, als gäbe es nichts Leichteres auf der Welt in ihre Vagina. Er spürte erstaunlich viel unter ihren rhythmischen Bewegungen, während derer er immer wieder mit seinen Händen zu ihren Brüsten empor fuhr. Bald schon hatte sie das äußerste Maß an Geschwindigkeit erreicht und hielt diese, während ihre Vagina sich um sein Gemächt schmiegte. Sie wurde immer lauter und bemühte sich gleichzeitig, einen Orgasmus heraus zu zögern, denn diese Stellung machte ihr das Erreichen ihres Höhepunktes immer besonders leicht. So bewegte sie sich immer mal wieder und hielt im nächsten Moment inne und fühlte ihn tief und heiß in sich. Sie legte sich wieder neben ihn und harrte seiner Idee und seiner Vorstellung, wie es weiter gehen könnte. Er baute seine Erektion erneut auf und sagte ihr, sie solle sich auf den Rücken legen. Als dies geschehen war, hechtete er sich auf sie und sie führte sein Genital an die dafür vorgesehene Stelle an ihrem Körper. Sie wunderte sich enorm über das, was er tat, zumal sie keinerlei Ahnung davon hatte, zu was er noch in der Lage war. Aber spätestens jetzt merkte sie, dass Sex mit ihm nicht mit Entbehrungen verbunden war, sondern ebenso lief, wie mit einem völlig gesunden Mann. Und je mehr sie dies spürte, desto mehr konnte sie sich gehen lassen und wurde nun auch allmählich lauter. Er musste, um sie so auf ihr liegend zu befriedigen, seine Arme immer mal wieder an einer anderen Stelle betten, da seine Beine für diese Aktion wertlos waren und so die gesamte Wucht auf seinen Armen lag. Manchmal nahm er ihre Beine mit den Händen vor und drückte sie, soweit möglich in Richtung ihres Kopfes und stützte so seine Arme hinter ihren kräftigen Po. Nach einer ganzen Weile rollte er wieder neben sie und wies ihr an, wieder auf ihn zu kommen. Sie zögerte keinen Augenblick, sondern kam sofort auf ihn geklettert und führte wieder mal seinen Penis in sie ein. Er feuerte sie an beim Anflug, einen Orgasmus zu bekommen in dem er ihr zurief, sie solle ruhig kommen und dabei laut sein, da ihn dies ganz besonders anmachte. So tat sie es auch und rieb sich immer intensiver an ihm und stöhnte dabei immer lauter. Nach einer Weile schließlich erreichte sie ihren Höhepunkt und reduzierte von einem ausgeprägten Galopp zu einem langsamen Trab. Auch wenn er sie jetzt befriedigt hatte, wollte sie jetzt nicht aufhören und sein Glied freigeben, sondern schob ihn weiter in sich hinein und zog ihn dann langsam wieder zurück. Dabei machte sie Bewegungen, die er ganz enorm spüren konnte, bis sie schließlich doch jegliche Bewegung einstellte und mit einen Seufzer neben ihn rollte. Er fragte sie nach der Uhrzeit und war erstaunt, dass ihn sein Zeitgefühl derart verlassen hatte und es doch mittlerweile sehr spät geworden war. Er hatte ihr sicherlich im Vorfeld von seiner Unfähigkeit, während des Verkehrs einen Orgasmus zu bekommen erzählt und freute sich nun auf den kommenden Morgen und den bevorstehenden eigenen Orgasmus. Gemeinsam suchten sie zum Abschluss des Tages das Bad auf, um sich gemeinsam die Zähne zu putzen und er war immer noch erregt, als er sie in ihrem Negligé und den halterlosen Strümpfen, die er immer wieder mit Hochgenuss gestreichelt hatte, im Bad stehen sah. Auch die Schuhe mit den enorm hohen Absätzen hatte sie noch an, ebenso wie sie diese die ganze Zeit im Bett getragen hatte. Sie schlüpften gleichzeitig und ihre Decke, wobei er mit einem Mal feststellen musste, das sie nur eine Bettdecke hatte, die für sie Beide reichen sollte. Am nächsten Morgen musste er erstaunt feststellen, dass dies problemlos funktioniert hatte und er war auch weit ausgeruhter, als er am letzten Abend gedacht hatte. Sie machte ihnen als erstes einen Café und kramte in ihrem Schlafzimmer umher, während er nur im T-Shirt an das Fenster rollte und eine Zigarette rauchte und dabei seinen Café trank. Als sie wieder da war und sie auch zurückgekehrt war, unterhielt er sie wieder ähnlich gut, wie am Vorabend. Er hatte ihr von seinen Vorlieben am frühen Morgen berichtet, aber sie schien in keiner Weise darauf zu reagieren, sondern verhielt sich so, wie sie es auch getan hätte, wenn sie alleine gewesen wäre. Nach einer guten Stunde begann er unbemerkt, an seinem Genital zu spielen, bis er das Blut sich darin sammeln spürte. Dieser Umstand brachte im gleichzeitig Mut und Zuversicht, dass sein Bedürfnis, einen Orgasmus zu bekommen, ihrem Bedürfnis gleichkam. Ganz mutig fragte er auch dann, ob sie noch mal zusammen ins Schlafzimmer gehen wollten. Sie willigte sofort ein, obwohl sie etwas erstaunt war, zumal er zuvor davon gesprochen hatte, dass schon eine gehörige Portion Mut und Vertrauen dazu gehören würde, damit auch er einen Orgasmus haben könne. Trotzdem ging sie mit ihm sofort ins Schlafzimmer und zog sich ungefragt schnell die Strümpfe vom gestrigen Abend wieder an, weil sie wusste, wie sehr er das mochte. Er setzte sich zuerst auf die Bettkante und beobachtete sie, wie sich zwischen ihren Beinen herum spielte. Seine Erektion wurde von Mal zu Mal größer bis er irgendwann auf stand und sich mit seiner linken Hand am Bett festhielt, während seine Rechte sein Glied bearbeitete. Sie hatte mal davon gesprochen, dass sie es gerne mochte, einem Mann beim onanieren zu zu schauen und genau diese Aussage half ihm nun durch zu ziehen, was er sich vorgenommen hatte. Er betrachtete ihre großen Brüste und bearbeitete in heftiger und sehr schneller Weise sein Geschlecht. Bei diesem ersten Anlauf, auch einen Höhepunkt zu bekommen, hatte er sich etwas verausgabt, so dass er sich wieder auf die Bettkante setzte und erneut anhob, sein Glied zu stählen. Diesmal blickte er ihr fest in ihr hübsches Gesicht, dass ohne Frage das Beste an ihrem Körper war. Dieser Blick erregte ihn dermaßen, dass er erneut auf stand und weiter seine Vorhaut schnell bewegte, bis ihm schließlich ein Erguss kam und er schnell rief, sie solle zu ihm kommen, da er es sehr mochte, einer Frau ins Gesicht zu spritzen und sich anschließend sein Genital lutschen zu lassen, was sie auch ohne Murren in die Tat umsetzte. Mit der enormen Erektion, die von seinem Orgasmus kam, legte er sich schnell noch mal auf sie und sie führte erneut seinen Penis in sich und er spürte noch den Rest seines Orgasmus jetzt tief in ihr. Sie machte jedoch keine Anstalten, als wolle sie einen weiteren Orgasmus, so dass er bald von ihr abließ und sie wieder aufstanden. Sie zog sich rasch die Strümpfe wieder aus, was er sehr bedauerte, zumal er es liebte, Frauen einfach so in Strümpfen oder Strumpfhosen umherlaufen zu sehen. Er setzte sich wieder in seinen Rollstuhl und sie warf sich ein Morgenkleid aus Frottee über. So waren sie schnell wieder am Esstisch, den sie nun begann mit Frühstücksutensilien zu bestücken. Sie redeten weiter, als sei nichts passiert und überspielten das gerade passierte komplett, so dass nicht ein Wort darüber gewechselt wurde. Das Frühstück schmeckte ihm ausgesprochen gut, zumal er nicht wieder alleine Frühstücken musste, obwohl er nur wenig zu sich nehmen konnte. Nach dem Frühstück verabschiedete er sich bald wieder mit der Ausrede, ein Freund wolle zu Besuch kommen, den es jedoch gar nicht gab. So fuhr er gesättigt alleine wieder nach Hause und kam in eine einsame Wohnung, in der er noch viel an sie denken sollte und dies im üblichen Usus zelebrierte. Ein wesentlicher Teil in seinem Leben hatte sich geändert. Auch wenn es nicht die erhoffte Frau war, so war doch dort nun jemand, der ihn sehr gerne mochte und mit dem er jede Menge Spaß haben konnte und das auch noch, so oft er wollte. Genau das nutzte er nun auch aus und sie hatte gleichfalls ihren Spaß an ihren Treffen, die nicht nur aus Sex bestanden, sondern in denen sie Konzerte besuchten, auf Trödelmärkte gingen oder auch mal ins benachbarte Holland fuhren, wo er ungeniert Nachschub kaufen konnte. Sie hatte irgendwann mal geäußert, dass sie es sehr mochte, von einem Mann kräftig angefasst zu werden und ihm kamen dazu seine sehr kräftigen Oberarme sehr gelegen. So wurde er während jedem ihrer Treffen etwas heftiger und musste feststellen, dass je fester er sie anfasste, sie umso mehr stöhnte und es sichtlich genoss. So probierten sie Zahlreiche Situationen und Stellungen aus und konzentrierten sich schließlich auf ein Potential, bei dem sie wussten, dass es ihnen gefallen würde. Er versuchte, ihre Termine stets auf das Wochenende zu legen, da er auf diesem Weg auch in den Genuss eines Orgasmus kommen konnte. Ihre gemeinsamen Gesprächen änderten sich nicht in der Ausdauer, aber im Inhalt der Gespräche, denn mit der Zeit sah er es immer weniger ein, den Intellektuellen zu spielen und sie hatte dies wahrscheinlich derart verinnerlicht, dass es sie in keiner Weise störte. Auch Gefühle wie sich ausgenutzt fühlen waren ihr fremd, da sie in diese Richtung sowieso eine leichte Veranlagung hatte. So hatten sie gemeinsam eine große Menge Spaß aneinander, ohne die Suche nach dem richtigen Partner auf zu geben und so schrieben sie weiter auch mit anderen Menschen und trafen sich sogar hin und wieder mit Jemandem, bemerkten jedoch auch, dass sich etwas verändert hatte. Denn beide fühlten sich durch die Existenz des anderen gesichert und legten in die Suche nach einem anderen Menschen weniger Gewicht. Es dauerte so eine ganze Weile, bis sie langsam mit ihrer Sexualität Schwierigkeiten zu haben begann. Es war nicht die Art und Weise, wie er auch einen Orgasmus bekommen konnte, aber sie wollte in gleichem Maße Geben wie Nehmen und bei seiner Sexualität war das in der Form nicht möglich. Er ging davon aus, dass er auch mal nehmen könne, wenn sie sich mal so oder so bekleidet vor ihn legte und er entsprechend an sich spielte. Doch sie träumte davon, mit einem Mann zu schlafen, der während sie miteinander intim waren, einen Orgasmus bekam. Sie liebte es Salsa zu tanzen, er war anfangs zwar einige Male mit ihr gegangen, konnte das Nur-Daneben-Sitzen jedoch nicht immer leiden, so dass sie auch hin und wieder alleine dort hin ging. Die Tatsache, das Salsa ein Tanz mit relativ viel Berührung ist, brachte dann auch die wesentliche Wende in ihrer Beziehung.

Es war ein Abend wie viele andere schon zuvor. Er wollte nicht mit ihr in das übliche Tanzlokal gehen, sondern hatte sich zwei DVD´s besorgt, mit denen er den Abend bei ihr verbringen wollte, während sie noch zu einem Tänzchen ausgehen wollte. Sie hatte sich diesmal für diesen Anlass besonders hübsch gemacht, trug ein geblümtes, tief ausgeschnittenes Kleid, eine hautfarbene Strumpfhose und ihre neuen Schuhe. In dem Moment, als er sie sah, war er schon ein wenig enttäuscht, nicht mitkommen zu wollen, aber schließlich hatte er nun diese DVD`s. Hinzu kam noch, dass sie sehr extrem nach dem Parfüm roch, dass sie so gerne verwendete. Aber selbst das machte ihn nicht weiter stutzig, denn er wollte, dass sie den Spaß beim Tanzen hatte, den sie verdient hatte. Er saß bereits auf einem ihrer Sessel, als sie sich verabschieden kam und gab ihr einen zärtlichen Kuss, während er ihr mit der Hand unter dem Kleid die Beine hochfuhr, bis er eine ganz bestimmte Stelle erreicht hatte. Als sie weg war, startete er mit der ersten DVD und machte es sich etwas gemütlicher, in dem er die Schuhe auszog. Sie hingegen ging die paar Meter auf ihren hohen Schuhen bis zu dem kleinen Lokal, in dem regelmäßig Salsa getanzt wurde. Um ihre erste leichte Peinlichkeit zu überbrücken, ging sie direkt an die Bar und bestellte sich einen Mojito, den sie dann auch recht zügig trank, während sie den Paaren beim Tanz zusah. Ein alter Freund und Tanzpartner kam unvermittelt in das Lokal und direkt kam er zu Sophie an den Tisch und begann mit ihr ungezwungen zu plaudern, während auch er nach den Tanzpaaren schaute. Dann endlich nahm er sie ohne zu fragen an die Hand und führte sie Richtung Tanzfläche, wo sie gemeinsam und etwas distanziert den ersten Salsa tanzten. Nach dem Tanz führte er seine Partnerin zurück zu ihrem Platz an den kleinen, runden Tisch an dem sie Platz nahm und auf den nächsten Tanz wartete. Es dauerte nur wenige Minuten bis ein Mann dunklen Hauttyps mit dunklen Haaren und braunen Augen an ihren Tisch kam und sie fragte, ob sie mit ihm tanzen wolle. Sie willigte sofort ein und tanzte mit ihm ebenso wenig zielgerichtet, wie eben mit ihrem Freund. Der Dunkelhäutige Kam ihr von Minute zu Minute näher, bis er allmählich an ihrem Schambereich mit seinem Oberschenkel gekommen war. Und auch sie spürte ihn mehr und mehr an ihrem Bein und musste mit Erstaunen feststellen, dass er eine leichte Erektion hatte und sich mit seinem Teil an ihr rieb. Ein wenig geriet sie ins stocken und vergaß für einen kleinen Moment ihre Tanzschritte, fasste sich jedoch wieder und begann die Situation mit ihrem Gegenüber zu genießen, dessen Erektion weiter wuchs. Sie kannte die Situation seit einer ganzen Weile nicht mehr, dass ein Mann bei ihr ganz unvermittelt eine Erektion bekommt und genoss den Moment. Nach dem Tanz brachte auch er sie wieder an ihren Platz zurück und ging im Anschluss direkt an die Theke, um sich auch einen Cocktail zu bestellen. Er hatte eine sehr weite Hose an, so dass er mit seinem Zustand keine Probleme haben würde. Und während er so an seinem Cocktail nippte, wurde ihm bewusst, auch aufgrund des Gefühls in der Hose, das sie ihm nicht gleichgültig war, auch wenn sie nicht ganz seinem Schönheitsideal entsprach. Sie saß während dessen mit übergeschlagenen Beinen auf ihrem Stuhl und fragte sich, warum sie diesen Mann nie zuvor gesehen hatte. Es lag schlichtweg daran, dass er nur auf der Durchreise war und zum letzten Mal diese Stadt gesehen hatte, als er noch ein kleiner Junge war und mit Salsa nichts im Sinn hatte. So stand er nun an der Bar und hielt seine Erektion aufrecht, in dem er sie hin und wieder ansah und an ihren gemeinsamen Tanz dachte. Als er seinen Drink gelehrt hatte, ging er wieder zu ihr und fragte sie erneut, ob sie tanzen wolle. Auch diesmal willigte sie sofort ein, schließlich war ein Tanz, mit einem solchen Mann etwas ganz besonderes. Wieder wiederholte sich das Spiel von ihrem ersten Tanz und er rieb sein erigiertes Glied an ihrem Oberschenkel und geriet dabei diesmal ihrer Scham extrem nahe. Auch sie spürte ein gewisses Maß an sexueller Erregung, obwohl es für sie eine Maxime war, Sexualität und Tanz streng auseinander zu halten. Auch ein Gespräch entwickelte sich zwischen den Beiden allmählich und immer wieder kam er mit ihr zu ihrem Tisch und er zeigte sich geistvoll und charmant. Schnell rückten ihre Köpfe nah aneinander, weil sie sich so bei der lauten Musik besser verstehen konnten. Sie zauderte auch nicht, als er ihr mit einem Mal einen festen und bestimmten Kuss gab, auf den weitere folgten. Wie paralysiert reagierte sie auf die Frage, ob sie noch mit zu ihm kommen wolle und nickte bloß leicht. So bestiegen sie ein Taxi, dass sie Beide brauchten zumal sie zuviel getrunken hatten um jetzt noch Auto zu fahren. Seine Wohnung war wieder eine von diesen Junggesellenwohnungen, die eindeutig eine Frau vermissen ließen. Alles war sauber und aufgeräumt, aber leider auch etwas steril und unpersönlich. Die Möbel erinnerten an ein Prospekt eines Möbelhauses und es war unverkennbar, dass er fast alle Möbel mit einem Mal gekauft hatte. Sie setzte sich sehr freizügig auf sein Sofa, während er sich um eine Flasche Sekt kümmerte, die er nur mit Mühe aufbekam. Er goss ihnen Beiden ein Glas ein und nahm neben ihr auf dem Sofa Platz. Sie stießen an und tranken, er widmete sich ihrem Nacken und sie schnurrte wie eine Katze unter seinen Berührungen. Jetzt ging alles sehr schnell, er entkleidete sie fast gänzlich nahm sie trotz ihres enormen Gewichtes auf den Arm und trug sie ins Schlafzimmer, wo sich alles Übrige ereignete. Als er sich seiner Ladung entledigt hatte, drehte er sich auf die Seite und war schon bald eingeschlafen. Sophie hingegen lag nur dort und starrte an die Decke, ohne an irgendetwas zu denken. Nachdem sie eine Weile so gelegen hatte, ging sie ins Wohnzimmer und zog sich eilig ihre Kleider wieder an, die der schöne Latino-Typ ihr ausgezogen hatte. Ihre kleinen Füße in die neuen Schuhe gesteckt, verließ sie seine Wohnung und bemühte sich, die Tür hinter ihr leise zu schließen. Auf der Treppe erst schloss sie die Schnallen an ihren Schuhen, die zart ihre Fessel umspielten. Dann ging sie durch die angenehm abgekühlte Abendluft, dachte an den kommenden Tag in der Firma und verschwendete keinen Gedanken mehr an das kurze Intermezzo, das noch vor wenigen Minuten stattgefunden hatte. Stattdessen schlenderte sie fröhlich und gelöst in ihre Strasse und griff in ihre kleine Handtasche nach dem Schlüssel. Sehr leise öffnete sie die Tür, da sie von ihm wusste, dass er in der Regel früh schlafen ging. Noch leiser betrat sie das Schlafzimmer, in dem er schon vor sich hin schlummerte und huschte neben ihm ins Bett. Und wieder, nur diesmal in ihrem eigenen, lag sie wieder in einem Bett und betrachtete die Zimmerdecke. Wieder dachte sie an den kommenden Tag, was sie anziehen würde, als ihr plötzlich wieder einfiel, dass sie morgen, wegen eines enormen Überstundenpotentials frei genommen hatte. Am Morgen stand sie fröhlich aus ihrem Bett auf und auch er zeigte mal wieder seine charmanten und redegewandten Seiten. Ihr Morgen folgte einem Ritual, in dem sie den Café bereitete und er mit einer heißen Tasse vor das Fenster rollte, um dort eine Zigarette zu rauchen. Sie nutzte die Gelegenheit, ins Schlafzimmer zu gehen, um sich eine dünne, schwarze Strumpfhose anzuziehen, in der er sie am liebsten sah. Auf diesem Wege bekomme ich keine kalten Beine, dachte sie nur und ging zurück in die Küche, in der noch einige Dinge vom gestrigen Essen herumstanden, die sie wegzuräumen begann. Er rollte in Richtung Küche und beobachtete sie, wenn sie sich bückte, um etwas in die Spülmaschine zu räumen. So beobachtete er sie zur Abwechselung mal gerne, wenn sie Hausarbeit leistete. Und so rollte er auch mit einem leichten Lächeln zu dem Sessel vom gestrigen Abend und setzte sich dorthin, hoffend, sie würde auch hier etwas zu räumen haben. Und in der Tat kam sie sehr häufig vorbei und bewegte sich vor ihm extrem langsam. Was danach kam soll an dieser Stelle nicht erneut ausgeführt werden. Es sei nur bemerkt, dass Sophie diesmal alles tat, was ihn vermeintlich anmachte, sei es auch noch so erniedrigend. Er behielt diese Situation noch sehr lange im Gedächtnis, eine Ähnliche hatte er bis zu diesem Zeitpunkt und auch später nicht erlebt.

Nach diesem Moment verlief ihre Affäre weiter, als wäre es eine Beziehung. Sie unternahmen alle erdenklichen Dinge und lachten viel, wenn sie zusammen waren. Locker und ungezwungen sprach er über alles, was einen Menschen beschäftigte und auch sie zeigte sich weiterhin gelöst und frei. Eine Weile später war wieder Salsa angesagt, sie kleidete sich wieder außerordentlich hübsch und ging in das gleiche Etablissement. Den ganzen Abend hielt sie Ausschau nach dem Mann, mit dem sie beim letzten Mal getanzt hatte und den sie zuvor hier nie gesehen hatte. Sie tanzte zwar und hatte auch ihren Spaß, aber etwas fehlte, von dem sie nicht mal sagen konnte, was es war. Auch die nächsten Male hielt sie Ausschau nach diesem Mann, der eines Tages wieder auftauchte, wie er auch beim ersten Mal hier erschienen war. Er war sehr adrett gekleidet und machte in seinem legeren Anzug ein wirklich stattliche Figur, wobei es auch ihr Eindruck von ihm hätte gewesen sein können, der ihn so gut aussehen ließ. Sie fiel ihm zuerst gar nicht auf, obwohl sie ganz in der Nähe von einander tanzten und erst als sie ihn Anstieß wurde er über ihre Anwesenheit bewusst. Das, was dann geschah entsprach relativ genau dem, was sie auch an ihrem ersten Treffen miteinander erlebt hatte. Und auch dieses Mal ging sie im Anschluss alleine nach Hause, ohne jedoch diesmal dieses Schuldgefühl zu haben, denn schließlich hatte sie mit Frank eine Affäre und keine Beziehung, so dass sie ihm auch eigentlich nicht wirklich fremdgehen konnte. Sie hatten gemeinsam einen derartigen Rhythmus entwickelt, dass sie sich einmal in der Woche sahen, wobei Sex keine sehr bedeutende Rolle spielte, sowie einmal an jedem Wochenende, an dem dies völlig anders aussah und ein sehr zentrales Thema war. Die Tage zwischen ihren Treffen verbrachte Frank wie eh und je, sie vergingen zu seinem Glück recht schnell, doch auch jetzt, wo er Sophie regelmäßig sah, dachte er noch häufig an ihre Formen und dass sie eigentlich keine Frau für ihn war. An einem der Tage, die er alleine zu Hause verbrachte, bekam er einen Anruf eines potentiellen Arbeitgebers, der ihn zu einem Vorstellungsgespräch, welches schon am nächsten Tage passieren sollte, einlud. Dankend nahm er diese Gelegenheit an und begann sofort, ihre Webseite zu durchforsten, in der Hoffnung, Informationen über diese Firma finden zu können. Tatsächlich wurde er fündig, so dass er sich alle relevanten Firmendaten anschauen konnte. Im

Anschluss surfte er eine Seite an, die sich mit seiner eher seltenen Krankheit beschäftigte. Er besuchte diese Seite regelmäßig, immer gespannt, ob dort ein neuer Forschungsbericht zu finden war. Leider hatte er in dieser Beziehung kein Glück, sah sich aber den letzten Report noch mal an, in dem so hoffnungsvoll über eine mögliche Zelltherapie geschrieben wurde. Doch bis zu einer möglichen Behandlung würde noch viel Zeit vergehen. Vorher war sein Geburtstag zu zelebrieren, der in einer Woche auf ihn wartete. Er hatte sich schon viele Jahre gewünscht, dass eine Frau sein Geburtstagsgeschenk gewesen wäre, mit der er alles hätte machen können, was er auch Sophie schon wiederholt erzählt hatte, in der Absicht, dass sie vielleicht mal auf die Idee käme, ihm dies endlich mal zu schenken. Sie hatte sich schon vor einer ganzen Weile über ein mögliches Geschenk Gedanken gemacht und hatte es sich zum festen Plan gemacht, Frank einen lang gehegten Wunsch zu erfüllen, ihm darüber hinaus aber auch eine Kleinigkeit zu schenken. Und so hatte sie eine Uhr mit einem enorm breiten Lederarmband gekauft, ein Geschenk, dass sie sich nahezu jeden Tag ansah, zumal sie sie für sehr männlich und gleichzeitig elegant hielt. Doch vor seinem Geburtstag sollte erst ein Vorstellungsgespräch passieren, bei dem sich Frank sehr ruhig und distinguiert gab und an dessen Anschluss er ein mehr als gutes Gefühl hatte. Bekleidet, wie er war, fuhr er gleich zu Sophie, es war schon spät genug, als dass sie von der Arbeit hätte schon zu Hause sein können. So öffnete sie ihm auch die Tür, als er klingelte und half ihm wie immer bei seinem Rollstuhl. Sie mochte es sehr, wenn er im Jackett zu sehen war und er sah in der Tat in seinem beigen Cordjacket mit dem auberginefarbenen Hemd sehr schick aus. Zu dieser Zeit hörte er gerne eine CD von Johnny Cash, die dieser in 2002 aufgenommen hatte. Normalerweise konnte er diesen Sänger nicht leider, aber diese Platte hatte es ihm angetan, vor allem die Tatsache, dass er kurz nach dieser CD verstorben war und somit sehr viel Reife ausstrahlte, sowie die enorme Melancholie hatten es ihm angetan. Wenn er eine solche Platte, wie diese gefunden hatte, hörte er diese dann, bis er jeden einzelnen Ton kannte und jedes Stück mitsingen konnte. So hatte er auch direkt zwei Exemplare gekauft, eines für sich und eines für Sophie, das er immer hören konnte, wenn er bei ihr war. So lief diese Musik auch recht bald, als er in ihrer Wohnung war und sie reagierte auf diese Anreihung von ruhigen Tönen stets mit einer großen Erregtheit. So dauerte es auch nicht lange, bis sie sich an ihm zu schaffen machte und recht schnell vor ihn hockte, während er etwas merkwürdig aussah mit seinen heruntergelassenen Hosen, aber trotzdem daran, was sie tat, Freude zu haben schien, zumal sie in ihrem Business-Dress enorm weiblich aussah. Im Anschluss an diese Eskapade zogen sie zusammen los, um in ihrer Lieblings-Bar einen Cocktail zu nehmen, wobei stets er die weiblicheren Drinks nahm, während sie enorm starke Drinks trank. Sophie hatte ihren zweiten Liebhaber im Kopf, als sie an ihren Cocktails saugten, von dem sie nicht mal seinen Namen wusste und mit einem Mal feststellen musste, dass Namen doch eigentlich nichts Wesentliches waren.

Sie dachte sich einen sehr rassigen, spanischen Vornamen für ihn aus und direkt wurde seine Person für sie viel durchsichtiger und präsenter. Gleichfalls musste sie spüren, dass sie eine Erregtheit erschlich, auch wenn sie den Mann neben ihr als mindestens ebenso aufregend empfand wie ihren Carlos. Der Sex mit Frank war nur etwas völlig anderes, sehr ungewöhnlich, aber nicht minder aufregend. Sie erhöhte die Häufigkeit mit der sie zum Tanzen ging auf zwei Mal die Woche, jedes Mal Ausschau haltend nach ihrem Carlos. Er saß in diesen Tagen mal wieder viel zuhause und wartete auf den Anruf, der hoffentlich seinem Vorstellungsgespräch folgen sollte. Am Freitag vor seinem Geburtstag war es dann so weit, aber statt ihm einen Job anzubieten wurde ihm gesagt, dass sich die Entscheidung, wer den Job bekomme, um eine Woche aufgeschoben werden musste. Etwas frustriert dachte er an die Zeit, die er mal wieder mit Warten zugebracht hatte, fühlte sich aber stolz, scheinbar immer noch im Rennen gewesen zu sein. An dem Tag vor seinem Geburtstag kam sie zu ihm, er hatte mit größtmöglicher Sorgfalt versucht, seine Wohnung auf Vordermann zu bringen. Sie tranken beide ‚White Russian' den er aus seinem Lieblingsfilm ‚The Big Lebowsky' her kannte. Beide hatte den gesamten Tag über recht wenig gegessen, so dass sie den Alkohol sehr bald spürten und enthemmt wie zwei hungrige Wölfe über einander her fielen. Am nächsten Morgen wachte sie sehr früh auf und rannte sehr nervös umher. Sie hatte sich eine rote Samtfliege angezogen, weil sie sich ihm schließlich schenken wollte und hatte sich auch um die passende Bekleidung ihrer Beine gekümmert. Das hautenge Kleidchen aus Tüll hatte er ihr irgendwann mal gekauft, ihr war es bisher etwas zu nuttig gewesen. Immer wieder öffnete sie die Schachtel, in der seine Uhr untergebracht war, sich fragend, ob er sich darüber auch freuen würde. Dann wurde auch er wach und freute sich, sehr zu ihrem Vergnügen, ganz enorm über die Uhr, sowie über das lebende Geschenk. Nach einigen Cafés wusste er auch bestens dieses Geschenk ihrer Person zu seinem Vergnügen einzusetzen und sie verbrachten den gesamten Tag im Bett, aßen dort und liebten sich immer wieder. Genauso wollte er mal seinen Geburtstag feiern können. Am nächsten Morgen stand er zusammen mit ihr früh auf, denn sie musste nun mal wieder zur Arbeit, trank einen schnellen Café, während sie duschte, und verabschiedete sich sehr bald von ihr. Er wollte diesen Tag möglichst gewinnbringend nutzen und viele Dinge erledigen, die er hatte liegen gelassen. So kam er noch im Morgendunst nach Hause, rauchte eine Zigarette und sah durch sein Wohnzimmerfenster auf die langsam erwachende Welt. Immer wieder trafen sich Menschen an der Bushaltestelle, ohne miteinander zu reden, stiegen in Busse ein und wieder neue Menschen erschienen. Allmählich sah er die Sonne über die Bäume klettern, wie sie lange strahlende Pfeilspitzen aussendete und die Luft an seinem weit geöffneten Fenster erwärmte. Manchmal saß er so über Stunden am Fenster mit einem leichten Neid allen Menschen gegenüber, die an seinem Fenster vorbeigingen und einem beruhigenden Gefühl den Jugendlichen gegenüber, die nur mit sich beschäftigt waren und so keine Ahnung hatte, was das Leben noch bringen konnte. Sophie machte den Hauptinhalt seiner Gedanken aus und ihre unendliche Gabe, sich um ihn selbstlos zu kümmern und selbst die verrücktesten Dinge zu tun. So waren sie einst mal wieder ins benachbarte Holland gefahren und er war fast jedes Mal, wenn sie in eine Umkleidekabine ging, mitgekommen, nicht nur um sie zu beraten, sondern auch, um sie in ihrer Unterwäsche zu sehen. In einer besonders Grossen Umkleidekabine in einem Unterwäschegeschäft, hat er ihr mal innerhalb kürzester Zeit einen Orgasmus gemacht, den sie auch nicht mehr so leicht vergessen würde. So dachte über allerlei nach, was er mit Sophie so erlebt hatte und was sie noch erleben würden. Und natürlich dachte er auch an ihr Äußeres, was, wie er feststellen musste, ihn mittlerweile gar nicht mehr in dem Maße störte, zumal sie bei all ihrer Leibesfülle eine sehr weiblich Figur machte und gut hätte einem Bild von Rubens entstammen können. Auch das Gefühl, das er zu Sophie hatte und wie es sich mehr und mehr zu einer Liebe gewandelt hatte, ging ihm durch den Kopf und er spürte eine große Sehnsucht zu der Frau, die gerade im Büro saß und sich durch ein Meeting kämpfte und während dessen ebenso an ihn dachte. Er hatte bis heute noch nach Frauen im Internet gesucht und fragte sich jetzt, ob er diese Suche nicht einfach beenden solle und sich mit dem gegebenen zufrieden geben sollte. Genau dieser Gedanke beschäftigte ihn an diesem Morgen, bis er endlich zum Telefon griff und ihre Nummer im Büro wählte. Er wollte sich gerne mit ihr treffen und wollte sie fragen, ob sie Zeit und Lust hätte. Sie willigte auch hier wieder ein und verabredete sich mit ihm, sich in einem Café zu treffen in das sie schon häufiger zusammen getroffen hatten. Als sie zu ihrem Treffen kam, saß er schon einige Zeit mit einem Buch in dem Café und stellte sich vor, wie sie gleich zu ihm kommen würde. Als sie es tat, machte sie, nicht zuletzt wegen ihres Kleides, eine ausgesprochen gute Figur. Sie sprachen zuerst nur ganz allgemeine Dinge, wie ihr Tag auf der Arbeit, die Erledigungen, die er machen wollte oder ein Möbelstück, das einer von ihnen in einem Möbelladen gesehen hatte. Sophie hatte sich für diesen Tag etwas sehr schwieriges überlegt, sie wollte Frank heute endlich von ihrem zweiten Verhältnis mit Carlos, oder wie sie später erfuhr, Peter Josslin, erzählen und sammelte zuvor all ihren Mut. Irgendwann hielt sie den Zeitpunkt für gekommen und eröffnete, das sie ihm etwas erzählen wolle. Er konterte in dem er ihr sagte, dass auch er ihr etwas sagen wolle, sie möge jedoch gerne anfangen. Verstohlen und sehr aufgeregt erzählte sie ihm von ihren Tanzabenden und dem Mann, den sie bei dieser Gelegenheit getroffen hatte. Sie schilderte es ihm in der Form, dass sie zuerst nur mit ihm getanzt habe und dann nach einigen Malen mit zu ihm gekommen sein und mit ihm Sex gehabt hatte. Sie hätte nur mit größten Schwierigkeiten sagen können, dass sie durch seine Erektion beim ersten Tanz schon so erregt war, dass ihr schon völlig klar gewesen sei, dass sie mit ihm ins Bett musste. Ihm taten ihre Schilderungen sofort enorm weh, zumal er ihr bei diesem Treffen erzählen wollte, dass aus ihrer Affäre sich doch bitte eine Beziehung entwickeln solle und das er sich richtig gehend in sie verliebt hatte. Nun war ihm durch ihre Schilderungen jeglicher Wind aus den Segeln genommen worden, so dass er dies bestimmt nicht mehr erzählen wollte. Er bemühte sich, den Coolen zu spielen, um ihr zu zeigen, dass dies weit weniger tragisch war, als sie dachte und dass sie doch schließlich nur eine Affäre hatten, in der man niemandem fremdgehen konnte. Sie war erstaunt von seiner Reaktion, denn schließlich glaubte sie dem, was sie sah, ohne auch nur den Anflug einer Idee gehabt zu haben, er könne ihr etwas vorspielen. Er schluckte seine Verletzung runter, Letztendlich war er an dieser Situation nicht ganz unbeteiligt gewesen. Er hätte ihr schon viel früher sagen können, dass ihre Beziehung in seinen Augen mehr war als nur eine Affäre. Weh tat ihm vor allem sehr, dass dies ein völlig fruchtbarer und potenter Mann war, er hingegen ganz enorme Defizite in diesem Bereich aufwies. Dieser Mann konnte abspritzen, während sie beide mit einander schliefen und er ihre heiße Vagina mit seinem Penis fühlte. Er konnte sich immer wieder nur sagen, dass er es in jedem Fall immer wieder schaffte, sie glücklich zu machen und diese Situation schließlich nicht willentlich herbei gerufen hatte. Als sie nach einer Weile wieder zu ihr gingen saß er nur schweigend auf ihrem Sofa, während sie aufregend hübsch neben ihm saß, ohne dass er darauf reagierte. Sie hätte gerne an diesem Abend Sex gehabt, aber da er keinerlei Anstalten machte, die in diese Richtung gingen, ließ sie diesen Gedanken recht bald fallen und saß ebenso schweigend wie er neben ihm und dachte an ihr Geständnis und seine Reaktion darauf. Am nächsten Morgen hatte sich seine Stimmung wieder gelockert und er redete wieder ungezwungen über alles, was ihn jemals beschäftigt hat. Jetzt war es nur noch erforderlich sein Konzept von ihrer Beziehung neu zu bauen, ein Umstand, mit dem er bisher nie Probleme hatte. Nun war sie doch seine Affäre, dachte er auf dem Weg nach Hause und merkte, wie ihn diese Tatsache begann zu erregen. Die Vorstellung, dass er mit einer Frau ins Bett ging, die von einem anderen bestiegen wurde, das Schmutzige, was dahinter stand, war das, was Focus seiner Gedanken war. Immer wenn es Situationen gab, egal ob heute oder als er noch ein Kind war, in denen etwas unangenehmes geschah, konnte er sich von dem Negativen abwenden und seinen Geist auf weitaus positivere Dinge lenken oder aber das Geschehene in eine positive Richtung drehen. Wenige Tage später kam ein Anruf, dass er die Stelle, um die er sich beworben hatte haben könne. Sofort schrieb er eine Kündigung seiner jetzigen Wohnung und rollte extra noch in die Stadt runter, weil er keine Briefmarken zuhause hatte. Er hatte noch zwei Wochen, bis zu seinem ersten Arbeitstag, eine Zeit, die er möglichst sinnvoll nutzen wollte. Schnell waren seine Gedanken dabei, an einen Urlaub zu denken, am Besten mit Sophie und wahrscheinlich nicht alleine. Als er ihr den Vorschlag machte, war sie hellauf begeistert und wäre am liebsten sofort gefahren. Im Reisebüro bekamen sie eine preiswerte Last-Minute-Reise nach Kreta, der Flug würde in zwei Tagen gehen. Auf dem Flughafen kamen sie dank seines Handicaps an allen Schlangen vorbei, nur nach der Landung mussten sie warten, bis das gesamte Flugzeug leer war. Der Flughafen von Kreta hatte etwas von Massenabfertigung, denn täglich landeten hier etwa 130 Flüge mit irgendwelchen sonnenhungrigen Touristen, die am Besten in ihrem Urlaub noch den Spaß ihres Lebens gehabt hätten. Frank und Sophie waren da etwas bescheidener und wollten nur miteinander eine wundervolle Zeit verbringen. Ihr Hotelzimmer war weit größer, als dies bei dieser preislichen Kategorie üblich ist, zudem hatten sie noch die Möglichkeit, neben ihrer Halbpension sich in der Pantry Küche etwas zu kochen. Dieser Möglichkeit sollten sie nur ausnahmsweise Gebrauch machen, stattdessen saßen sie abends meist noch in einer Ouzerie, in der sie noch eine Kleinigkeit aßen und in der Regel viele ‚Vitamine' tranken, wie der Wirt zu sagen pflegte und womit er den Raki meinte. Die Tage verbrachten sie in der Regel am Strand einer kleinen Bucht, wo sie einen schönen Platz am Rande eines Weges gefunden hatten und so dieser auch für Frank problemlos zu erreichen war. Ein Fahren mit dem Rollstuhl durch den Sand war natürlich nicht möglich. Gerne Tranken sie schon gegen Mittag Alkohol, was sie den Nachmittag über zwar beschwingte, ihnen gegen Abend jedoch immer eine große Müdigkeit bescherte. Zu gerne hätte sich Frank einen Motorroller geliehen, zumal fast alle Touristen mit so einem Ding über die Insel fuhren. Stattdessen mieteten sie sich hin und wieder einen Jeep, mit dem sie dann die Insel erkundeten. Einen Tag fuhren sie damit ins Hochland der Insel, über endlose Serpentinen mit unbefestigten Strassen und Frank war froh, nicht fahren zu müssen, weil er dann direkt am Abgrund gesessen hätte. Sie verbrachten ihre Zeit auf Kreta einfach damit, es sich gut gehen zu lassen, waren viel im Bett, tranken viel, sahen sich die Sehenswürdigkeiten an oder lagen einfach faul am Strand. So zeigte sich bei ihnen auch eine große Traurigkeit, als sie wieder in ihren Alltag zurück mussten, waren sich aber einig, dass sie in diesem Urlaub einiges näher aneinander gerückt waren. Auch die Gedanken an ihren Carlos waren bei ihr nahezu verflogen und nur in sehr seltenen Momenten musste sie an diesen Latin Lover denken. Auch als sie wieder in ihren vier Wänden war, änderte sich daran nichts und selbst an das Tanzengehen dachte sie nur recht selten. Ihr Bewegungsdrang steigerte sich und so kam der Tag, an dem sie mal wieder tanzen gehen wollte. Wie üblich machte sie sich für diesen Anlass fertig und wieder suchte sie den gesamten Abend nach ihrem Helden, dem sie immer eine gehörige Erregung verdankte, wenn sie an ihn dachte. Dann kam er und sie musste feststellen, dass er nicht mehr dem entsprach, was sie immer von ihm dachte. Die gesamte Magie, die von ihm ausging war einer großen Ernüchterung gewichen und der Gedanke daran, wie er nach ihrem Sex immer schnell einschlief, ließ sie erschaudern. Ihr Frank war da völlig anders. Er schlief nie nach ihrem Sex direkt ein und ein großer Unterschied, der ihr sehr entgegen kam, war der, dass er beim Sex keinen Orgasmus bekam du so auch nicht irgendwann fertig war, sondern so lange weiter machte, bis sie ihm signalisierte, dass sie genug hatte. Auf diesem Wege war sie nach dem Sex mit Frank auch immer viel befriedigter, während ihre zweite Affäre ihr diese Art Befriedigung nicht bieten konnte, sondern stets nur einen normal funktionierenden Penis. Als sie viel später und nach einer Reihe sehr schöner Tänze im Bett neben Frank lag, der leise vor sich hin schnarchte, traf sie den Entschluss, ab jetzt diesem Mann ihr Leben zu widmen. Am nächsten Morgen sprach sie so auch erneut mit ihm und ihren Entschluss auf den er mit größter Freude reagierte, sie sofort küsste und sich auch im Laufe des Tages sehr gelöst und sicher zeigte. Sie hatten ihre gemeinsame Zeit als Affäre begonnen, aus der sich über die Monate eine Beziehung entwickelt hatte. Auch sie war sehr froh über ihre Entscheidung, so dass sie ihm jeden Wunsch erfüllte und sich an diesem Tag besonders hübsch kleidete und unter ihrem Rock ein paar Strapse trug. Er hatte jetzt nur noch drei Tage, bis er wieder einer Beschäftigung nachgehen konnte, die er ebenso, wie die Tage zuvor sinnvoll nutzen wollte. Als erstes kam ihm in den Sinn, das er, wenn er wieder arbeiten würde, kaum Zeit habe für stundenlange Ausflüge und machte sich daher wieder mal auf den Weg, diesmal aber mit dem Handbike, da er fest den Plan gefasst hatte, beim nächsten großen Marathon in der benachbarten Großstadt mitfahren wollte. Schon nach wenigen Kilometern begannen seine Arme zu schmerzen, was kein Wunder war, da er lange Zeit nicht mehr gefahren war. Doch dieser Schmerz gab sich nach einer Weile und so konnte er noch sehr lange fahren, ohne dass er weitere Beschwerden gehabt hätte.

Sein erster Arbeitstag begann sehr ruhig. Er meldete sich an der Rezeption und wurde von einer sehr dünnen Dame aus der Personalabteilung an seinen neuen Arbeitsplatz geführt. Er begann damit, Dateien zu sichten, die vor seiner Zeit bereits erstellt worden waren, sowie den Programmierstil zu ermitteln, der sich dahinter verbarg. Der IT-Korrespondent, der auch bei seinem Vorstellungsgespräch zu gegen war, kam vorbei, um mit ihm die Firma zu besichtigen und ihm zu erklären, wer für welche Bereiche er zuständig war. Ein wesentlicher Teil seiner Arbeit würde darin bestehen, Kollegen aus verschiedensten Abteilungen zu treffen und ihnen aus der Nase zu ziehen, wie das zu erstellende Softwareprodukt auszusehen hatte. Bevor er mit diesem Teil seiner Arbeit beginnen konnte, musste er zuerst das bestehende System verstehen und nachvollziehen können. Trotzdem machte er sich während der Führung Notizen, wer für welchen Bereich zuständig war und wen er in welchem Fall ansprechen musste. Sein Leben vollzog eine große Veränderung durch die neu gewonnene Tagesstruktur. Nicht nur, dass er jetzt wieder regelmäßig früh aufstehen musste, auch sein Stolz auf sich und das, was er schaffen konnte, war in unvermindertem Maße wieder zurückgekehrt. Sein Job machte es erforderlich, regelmäßig im Internet zu sein und so hatte er sich auch sehr bald angewöhnt, alle erdenklichen Seiten anzusurfen, sah dies im Übrigen nicht als Hemmung seiner Arbeitskraft, sondern vielmehr als willkommene Abwechslung. Sehr häufig besuchte er so die Seite, die sich mit seiner Krankheit beschäftigte. Die Artikel, die hier zu finden waren, waren zwar auf Englisch verfasst worden, die medizinischen Begriffe waren jedoch den deutschen

Bezeichnungen sehr ähnlich, so dass er mit diesen keine Probleme hatte. Er hatte vor vielen Jahren den Grund für seine Beschwerden schließlich selbst gefunden, so dass er davon ausging, dass auch nur er eine mögliche Therapie finden konnte. Sehr schnell hatte sich wieder ein beruflicher Alltag eingeschlichen und auch die Wochenenden hatten ihre alte Bedeutung wieder gefunden. Die Wochenenden verbrachte er stets mit Sophie, die ihm mehr und mehr ans Herz wuchs, sie hatte ihren Carlos mittlerweile komplett vergessen, so dass jetzt nur noch er Mittelpunkt ihres Herzens war. Frank hingegen dachte noch häufiger an seinen Widersacher, immer stolz darauf, dass er sich trotz seiner Behinderung gegen ihn durchsetzen konnte und Sophie einsehen musste, dass der Sex mit ihm doch der richtige war.

Nachdem er nun einige Tage in seiner neuen Stellung verbracht hatte, kehrte auch schnell der Alltag ein. Die Nächte schlief er wieder durch und wenn er mal nicht ausreichend Schlaf bekam, schlief er vor seinem Monitor für kurze Augenblicke ein. Nach Feierabend fuhr er in der Regel zu einem nahe gelegenen See, um dort seine Runden mit dem Handbike zu fahren und sich damit auf den Marathon vor zu bereiten. Er hatte sich sein Leben als Rollstuhlfahrer derart organisiert, dass er diesen Zustand als völlig normal erachtete und sich ein Leben als laufendes Wesen gar nicht mehr vorstellen konnte. So war er auch sehr verwundert, als er eines Tages auf der Arbeit einen neuen Artikel im Internet fand, der sich mit seiner Krankheit und einer möglichen Heilung befasste. Man schrieb dort von einer Therapie mit bestimmten Zellen, die aus Stammzellen gewonnen werden konnten. Man hatte bereits unzählige Versuche mit Kranken durchgeführt, die alle eine völlige Heilung zur Folge hatten. Der Artikel stammte von einer Reihe Wissenschaftler, die in einer nahe gelegenen Stadt ihren Wirkungskreis hatten. Er glaubte dem, was er las so wenig, dass er den Artikel direkt drei Mal durchlas. Sofort rief er erst Sophie in ihrem Büro an und berichtete über das Gelesene. Sie war nahezu ebenso aus dem Häuschen und freute sich nicht nur für ihn, sondern in gleichem Maße für sich selbst. Es war für sie nie ein Problem gewesen, dass er gehandicapped war, trotzdem sah sie für ihre Beziehung nun völlig neue Perspektiven. Direkt nach ihr rief er einen der Wissenschaftler an, in der Hoffnung, einige Informationen über die beschriebene Therapie zu bekommen, sowie eine Auskunft, in welchen Kliniken er in den Genuss einer solchen Therapie kommen konnte. Er kannte mittlerweile alle Fachbegriffe, die mit seiner Erkrankung zusammen hingen, so dass eine Kommunikation mit dem Forscher keinerlei Probleme bedeutete. Zum Abschluss ihres Gesprächs bekam er die Rufnummer der richtigen Stelle in der Uniklinik, die ihm am nächsten lag. Auch dort wurden solche Therapien angeboten, so dass er nach dem Telefonat mit dem Wissenschaftler sofort dort anrief. Zu seinem Leidwesen hatte man dort keinen freien Termin innerhalb der nächsten zwei Monate, trotzdem ließ er sich den ersten freien Termin geben. Den Rest des Tages verbrachte er mit einem breiten Grinsen auf dem Gesicht und konnte nicht anders, als allen Kollegen von der Neuigkeit zu erzählen. Alle freuten sich mit ihm, zumal er ihnen innerhalb kürzester Zeit ein sehr geschätzter Kollege geworden war, da er sich stets zuvorkommend, höflich und amüsant ihnen gegenüber gezeigt hatte. Noch am selben Abend traf er sich mit Sophie und ging mit ihr shoppen. Sie zeigte sich weit mehr begeistert von verschieden Schuhen, als von seiner Therapiechance. Sie hatte sich für ihn gefreut und tat dies auch weiter, auch wenn sie nicht permanent jubelte, wie er es tat. Auch er war in der Regel, wenn sie gemeinsam einkaufen gingen, von den Schuhen, die sie fand, immer vollauf begeistert, heute hatte er dafür jedoch keinen Sinn. Auch als sie mit ihren kleinen Füssen, die wiederum in Strümpfen steckten, in ein Paar Schuhe schlüpfte, zeigte er keine besondere Reaktion. Beim gemeinsamen abschließenden Essen konnte er über nichts anderes reden. So sehr er sich auch an seinen Zustand gewöhnt hatte, war es doch das Größte, was er sich vorstellen konnte, einfach wieder ohne Hilfe laufen zu können. Sophie versuchte, seine Euphorie zu teilen, konnte jedoch bei Weitem nicht das Maß erreichen, das er an den Tag legte. Auch während der nächsten Wochen legte sich seine Euphorie nur marginal. Immer wieder kam er auf das kommende zu sprechen, nicht wissend, wie eine Therapie überhaupt aussehen würde. Aber er war auch in der Lage, hin und wieder nicht davon zu reden, sondern sich um Sophie zu kümmern, die wie jede Frau ein gewisses Maß an Aufmerksamkeit erforderte. Auch wenn er im alltäglichen Leben nicht mehr das übliche Maß an Aufmerksamkeit liefern konnte, befriedigte er sie doch im gleichen Maße, wie eh und je.

Der Tag seines ersten Termins rückte langsam näher und er war aufgeregter als bei seinem ersten Treffen mit Sophie. Er hatte einiges an Mühe, den Behandlungsraum in dem eher unübersichtlichen Komplex der Universitätsklinik zu finden. Erst befand er sich aufgrund der Aussage eines Pförtners im völlig falschen Geschoss, dann folgte er der Richtungsweisung einer Krankenschwester, die ihn vor die Tür des Raumes für Spermiogramme führte, an das er beinahe angeklopft hätte. Die möglichen Folgen wollte er sich beim besten Willen nicht ausmalen. Letzten Endes kam er gerade noch rechtzeitig, um seinen so unglaublich wichtigen Termin wahr zu nehmen. In dem kleinen Behandlungsraum, in den er nach einiger Zeit des Wartens gerufen wurde, fasste beinahe nur einen Schreibtisch und einen Stuhl davor. Außer dem Kittel, den der Mann trug, der hinter dem Schreibtisch saß, war nicht zu erkennen, dass dies ein Teil der Universitäts-Klinik war. Das folgende Gespräch passte ebenfalls nicht in die Umgebung. Der Mann hinter dem Schreibtisch begrüßte ihn und er begann sofort damit, Fragen über seinen Gesundheitszustand zu stellen. Frank erzählte alles, was er erzählen konnte und was vielleicht für eine bevorstehende Therapie hilfreich sein konnte. Zwischendurch machte der Frank gegenüber Sitzende Witze, die Frank nicht wirklich verstehen konnte. Nicht weil er sie akustisch nicht verstanden hatte, aber weil ihm teilweise der medizinische Hintergrund fehlte. Wie sich später herausstellte, war der Mann hinter dem Schreibtisch Professor für Neurologie, was er seinem Alter nicht hätte ablesen können. Nach schier endlosen Fragen offenbarte er

Frank, dass für eine Therapie ein vorheriger einwöchiger stationärer Aufenthalt in einer Universitätsklinik in einem benachbarten Ort notwendig sei. Etwas desillusioniert verließ Frank den Professor und versuchte, in Gedanken versunken, den Weg zum Ausgang zu finden, wobei er wiederholt die völlig falsche Richtung einschlug. Sophie wäre gerne an diesem Tag an seiner Seite gewesen, konnte aber den Tag wegen zu vieler Krankmeldungen ihrer Kollegen nicht frei nehmen. So fuhr er dann auch im Anschluss zu sich nach Hause, wo er zu aller erst kiffte und schließlich Musik anmachte, die er sehr laut aufdrehte und dabei aus dem Fenster sah. Eine ganze Woche im Krankenhaus verbringen war nicht gerade das, was er sich vorgestellt hatte. Ein wenig hatte er schon gedacht, er könne noch am Tag seines ersten Termins behandelt werden. Wie lange er jetzt noch warten musste, konnte er nicht sagen. Am liebsten hätte er auch am selben Tag noch dort angerufen, wo er diese Woche hätte verbringen sollen, dafür war es aber mittlerweile zu spät. Dann tat er dies aber unmittelbar am nächsten Morgen. Die Dame, die er dann am Telefon hatte, schien jung zu sein und flirtete schon fast mit ihm. Einen früheren Termin als in sechs Wochen konnte sie ihm auch nicht geben. So musste sich Frank erneut auf eine lange Wartezeit einstellen, glücklicherweise hatte er jetzt wieder einen Job, so dass diese Wochen doch recht schnell vorbei sein würden. Er hatte verstanden, dass Sophie nicht bei seiner Euphorie mitspielen konnte, so dass er es für richtiger hielt, in den nächsten Tagen allein zu bleiben. Ihm gingen seine letzten vier Jahre durch den Kopf, in denen er im Rollstuhl saß. Er dachte an seine Ex und ihr Problem mit dem Rollstuhl, sowie die schwierige Zeit, die sie durch machen mussten, als er sich in Richtung Rollstuhl entwickelte. Er dachte an die Peinlichkeit, die er anfangs hatte, die aber glücklicherweise komplett verschwunden war, so dass er sich mit dem Rollstuhl und seiner Restfunktion in den Beinen völlig ungezwungen bewegen konnte. Er fragte sich, was sie wohl sagen würde, wenn er dieses Handicap nicht mehr haben würde und ob sie ihn dann zurück haben wollte. Auch die vermutlich sich ändernde Sexualität ging ihm durch den Kopf, inklusive der Möglichkeiten, die sich hinter einer Heilung verbergen könnte. In welchem Maße eine Änderung seines Gesundheitszustandes auch diesen Bereich treffen würde, wagte er nicht zu denken. Er hatte nun im Kopf, dass man ihn bei seinem Krankenhausaufenthalt behandeln könnte, so dass er es für die letzten Augenblicke hielt, die er behindert sein würde und wollte diese Zeit gerne alleine verbringen. Natürlich dachte er auch an die steuerlichen Vergünstigungen, die im Falle einer Genesung wegfallen würden und das er sich vielleicht ein anderes Auto mit weniger Kfz-Steuer anschaffen sollte. Glücklicherweise hatte er keine Einträge im Führerschein, so dass es in Bezug darauf keine Schwierigkeiten geben dürfte. Wie er erwartet hatte, vergingen die Wochen recht schnell. So rückte der Tag näher, an dem er ins Krankenhaus gehen sollte. Vorher hatte er sich rechtzeitig mit ausreichend Gras versorgt, so dass er auch während des Krankenhausaufenthalts genug zu kiffen haben würde. Er kannte die langen

Abende in Krankenhäusern und wie sehr es dort langweilig sein konnte. Sophie hatte sich für den Tag extra frei genommen, weil sie ihren Freund bei diesem Gang begleiten wollte. In dem etwas unübersichtlichen Klinikgelände mit seinen vielen kleinen Häusern hatten sie etwas Mühe, die Neurologie zu finden und fuhren versehentlich mehrmals an dem etwas versteckt liegenden Haus vorbei. Als sie es schließlich fanden, betraten sie das Gebäude und wurden direkt von großen Richtungsweisern in die Aufnahme geleitet. Erst war die Aufnahme seiner Personalien angesagt, bevor man sich um weitere organisatorische Dinge kümmerte. Das gesamte Aufnahmeverfahren dauerte mehr als eine Stunde, wie er anschließend feststellte. Dann wurde ihm der Weg auf seine Station gezeigt, Sophie und er nahmen seine mitgebrachten Dinge und machten sich auf den Weg. Das Zimmer, in dem er untergebracht werden sollte, war sehr karg und spartanisch eingerichtet. An den Wänden hingen zwei Kunstdrucke und ein hölzernes Kruzifix. Sie räumten seine Sachen in einen freien Schrank, füllten ein weiters Formular aus, dass auf der Station gebraucht würde und gingen anschließend in die Cafeteria, zumal es am heutigen Tag keine Untersuchungen mehr geben würde. Sie hielt seine Hand, als sie in der Cafeteria einander gegenüber saßen, als würde er operiert werden müssen, während er aufgeregt vor sich hin erzählte. Der Café, den sie tranken schmeckte klassisch nach Krankenhaus, was auch nicht weiter verwunderlich war. Als sie ihn verließ, küsste sie ihn so intensiv, wie schon sehr lange nicht mehr und man hätte den Eindruck haben können, er würde eine unendlich lange Reise antreten. Er ging auf sein Zimmer und legte sich mit einem Buch angezogen, wie er war auf das Bett. Wie er sehen konnte, waren wohl die meisten Patienten der Station solche, die wegen ihrer Epilepsie hier behandelt wurden. Sie alle hatten derart häufig Anfälle, bei denen jedes Mal eine ganze Reihe Gehirnzellen abstarben, so dass sie schon deutliche Anzeichen an den Tag legten. Wie ihm später erklärt wurde, bekamen sie hier Elektroden ins Gehirn eingesetzt, in der Hoffnung, man könne das Zentrum ihrer Anfälle lokalisieren. Eine doppelte Freude stieg in ihm hoch, weil er einerseits wahrscheinlich bald keine Probleme mehr haben würde und zum anderen, weil er ein absolut perfekt funktionierendes Gehirn aufweisen konnte. Sein Bettnachbar begann sich ungezwungen mit ihm über alles erdenkliche zu unterhalten, wie z.B. sein Beruf, die familiäre Situation, ob er verheiratet sei und weshalb er überhaupt hier sei. Dann fragte er ihn noch, ob er Skat spielen könne, was Frank bejahte und damit eine große Freude auslöste, da auf der Station dafür noch ein dritter Mann gefehlt hatte. Mittlerweile war dieses Spiel scheinbar etwas aus der Mode geraten, so dass viele junge Leute sich gar nicht mehr damit beschäftigten. Auch Frank freute sich, weil er dieses Spiel schon lange nicht mehr gespielt hatten. So zogen sie gemeinsam los in Richtung der Raucherecke, wo bereits der dritte Mann saß und auf Mitspieler oder wenigstens einen Gesprächspartner wartete. Es wurde gemischt, die Karten wurden verteilt und recht schnell stellte Frank fest, dass die anderen beiden keine wirklichen Gegner waren, zumal er nahezu jedes

Spiel gewann. Trotzdem machte ihm der Abend Spaß, mehrfach kam die Nachtschwester und ermahnte die Spieler zur Ruhe. Als er dann endlich ins Bett kam, fand er keine Ruhe auf der sehr harten Matratze und wälzte sich noch lange hin und her. Etwa gegen 10 Uhr am nächsten Morgen kam endlich die Visite, von der er hoffte zu erfahren, wie man in Bezug auf seine Therapie weiter verfahren werde. Stattdessen wurde ihm gesagt, dass diese Woche einzig dem Zweck diene, Daten über seinen jetzigen Gesundheitszustand zu sammeln. Entsprechend enttäuscht war er anschließend auch, als die Ärzte an das Bett seines Nachbarn gingen. Er versuchte sich rasch wieder zu fangen und sagte sich, früher oder später würde man ihn schon passend behandeln. Jetzt hatte er so viele Jahre im Rollstuhl gesessen, dass er einige weitere Monate problemlos durchstehen konnte. Er hatte keine Ahnung, wie es dazu kam, doch schon bald war er der Kummerkasten aller, auf dieser Station liegender Patienten. Alle kamen zu ihm und erzählten ihre teilweise enorm heftigen Lebensgeschichten. So war dort die Frau, die ihren Mann beim fremdgehen erwischt wurde und das nicht nur einmal sondern direkt fünf Mal. Ein anderer Fall war der Mann, der grundsätzlich dann, wenn er in irgendeiner Schlange stand einen Anfall bekam und man ihn deshalb immer vor ließ. Nach der Visite wurde er zu seiner ersten Untersuchung abgeholt. Dabei ging es darum zu prüfen, wie viel Muskelaktivität er noch zur Verfügung hatte, so wie er es verstanden hatte. Um dies zu überprüfen schob man ihm knapp neben dem Schienbein eine Sonde in den Muskel, was zu extrem heftigen

Spastiken führte. Als dann diese Nadel auch noch bewegt wurde, musste man sein Bein festhalten, während er sich schmerzverzerrt in das Polster drückte. Diese Untersuchung dauert in etwa eine halbe Stunde und trotzdem war er im Anschluss daran so erledigt, dass er sich erstmal hinlegte und prompt zwei Stunden schlief. Als er wieder wach wurde, stand auf seinem Nachtschrank ein trockenes Stück Kuchen, dass er dort getrost stehen ließ, zumal sein Bettnachbar ihm sagte, dass es nicht genießbar sei. Er zog es vor, sich auf seinen Rollstuhl zu setzen und das Klinikgelände zu erkunden. Er rollte an der Lungenklinik vorbei und wunderte sich über die Raucher, die davor standen und süchtig das Nikotin inhalierten. An der chirurgischen Klinik sah er die merkwürdigsten Gestalten mit unglaublich viel Metal in ihren Gliedmaßen, das links und rechts heraus schaute. An der Abteilung für innere Krankheiten konnte man den Patienten nichts ansehen, außer das sie fast alle mit kleinen Beuteln herumliefen, in denen entweder Blut oder Urin gesammelt wurden. Alleine vom vorbeifahren konnte Frank schon erkennen, dass die Kranken eine Allianz gebildet hatten, die ihnen das Leben im Krankenhaus erleichtern sollte. Er rollte in eine eher wenig frequentierte Ecke des Geländes und baute sich einen Joint, um das gesehene und das erlebte besser ertragen zu können. Als er diesen rauchte, dachte er an den nächsten Tag und welcherlei Untersuchungen noch auf ihn warten sollten. Dann rollte er wieder mal in die Cafeteria, wo seine Skatbrüder mit ihren Familien saßen. Sofort wurde er aufgefordert, sich doch zu ihnen zu setzen, was er jedoch ausschlug und sich stattdessen lieber alleine in die äußerste Ecke setzte. Er sah einfach gedankenverloren aus dem Fenster und dachte an die Dinge, die er gerne mal machen würde, wenn er wieder laufen konnte. Als erstes viel ihm ein Segelboot ein, dass er sich gerne kaufen würde. Er war schon früher sehr viel gesegelt, erst Jolle, dann eine größere Yacht. Jetzt würde er sich wohl wieder dem Jollensport widmen, weil er nur das für das wahre Segeln hielt. Es gab auch Dinge, die er nicht machen wollte, selbst wenn seine Beine wieder funktionstüchtig waren und zwar Bungee Jumping oder Gleitschirmfliegen. Die Luft war definitiv nicht sein Element und er dachte, dass der Mensch nicht in die Luft gehört, sonst wäre er mit Flügeln ausgestattet worden. Stunden vergingen, ohne das er es merkte, seine Skatbrüder waren schon wieder verschwunden und das Personal rückte die Stühle zurecht und räumte stehen gelassenes Geschirr weg. Das nahm auch er als Zeichen, die Cafeteria zu verlassen und fuhr auf sein Zimmer, wo zu diesem Zeitpunkt kein Mensch zu finden war, ein Umstand der ihm sehr entgegen kam, da er es gewohnt war allein zu sein und ihn zu viele Menschen auf einem Haufen immer bedrückten. Abends spielten sie wieder Skat, diesmal saß jedoch ein hübsches Mädchen bei ihnen, das sich von ihnen in die Kunst des Skat Spielens einführen ließ. Wie viele andere, hatte auch sie große Probleme, sich in die Kunst des Reizens einzufinden. Sie flirtete ein wenig mit allen Beteiligten und wusste genau, wie sie sich in Szene setzen musste, damit man sie hübsch fand. Nach einigen Runden verschwanden seine Mitspieler mit dem Vorwand, sie seien müde. Er war sich nicht sicher, ob dies ein Vorwand war, sie waren jedoch alle verheiratet, nur er war der einzige Ledige. Anfangs wusste er überhaupt nicht, was er sich mit dem Mädchen ihm gegenüber unterhalten sollte, doch dann begann sie aus ihrem definitiv kurzen Leben zu erzählen, er konterte mit Geschichten aus seinem Leben. Irgendwann blieben sie dann bei dem Thema Religion hängen und er war verwundert, wie überlegt sie sich ein Bild zu Recht gebaut hatte, das von seinem gar nicht weit entfernt war. Sie beide glaubten nicht an einen Gott, sondern an eine Art Energie, verwandt mit Jung's kollektiven Unterbewussten, zu dem jeder Mensch seinen Teil beiträgt. Doch letztendlich ermangelte es ihr dann doch an Tiefgang, so dass er es vorzog, sich auf sein Vier-Bett-Zimmer zurück zu ziehen, obwohl ihm noch gar nicht nach schlafen war. Die anderen in seinem Zimmer waren schon fast alle eingeschlafen und schnarchten leise vor sich hin. Er legte sich auf sein Bett und fuhr fort mit den Gedanken, die er eben schon in der Cafeteria gehabt hatte und ließ seinen Blick durch das Zimmer schweifen. Er dachte an die Woche, die er jetzt hier verbringen musste und dass dies eigentlich kein Drama war, da er ja voller Zuversicht seiner Heilung entgegen sehen konnte. Über diesen Gedanken schlummerte er langsam ein. Am nächsten Tag sollte er keine Schmerzen bei irgendwelchen Untersuchungen haben. Statt ihn zu quälen, sollten seine kognitiven Fähigkeiten ermittelt werden, um die Frage klären zu können, ob seine Krankheit in gewisser Weise auch sein Hirn betroffen hat. So musste er die verschiedensten Reaktionstests vollziehen, hatte Aufgaben bezüglich mentaler Rotation zu lösen und wurde über seine Allgemeinbildung befragt. Die Dame, die diesen Test durchführte, war gut und gerne schon über fünfzig, trotzdem empfand er ihr gegenüber eine große Sympathie und fragte sie nach Abschluss, was das Ergebnis des Tests sei, worauf sie nur antworten konnte, dass sein IQ wohl einiges über 130 lag, was ihn durchaus mit Stolz erfüllte. So musste er dies auch später unbedingt Sophie am Handy erzählen. Sie versuchten jeden Tag wenigstens kurz mit einander zu telefonieren, besuchen sollte sie ihn nicht, dafür war die Entfernung etwas zu groß. So ging auch dieser Tag recht schnell vorbei, obwohl er dachte, man könne es ihm auch ruhig zumuten, mehrere Untersuchungen an einen Tag zu legen. Am nächsten Tag war sein Herz dran und man versuchte heraus zu finden, ob er irgendwelche Myokardnarben hatte. Das Ergebnis war, das er wohl ein grenzwertig großes Herz habe, vermutlich, weil er während seiner Pubertät Sport schon recht leistungsorientiert betrieben hatte. Die Untersuchung fand in einem extrem alten und baufälligen Gebäude statt mittels einer großen, kreisrunden Maschine, an die er sein Herz pressen musste, nach dem man ihm ein radioaktives Kontrastmittel gespritzt hatte. Nach dieser Untersuchung rollte er direkt wieder an die stille Stelle, an der er schon wiederholt zuvor gewesen war und rauchte einen Joint, wohl wissend, dass an diesem Tag keine Untersuchung mehr auf ihn warten würden. Am Tag vor seiner Entlassung folgte noch ein Termin bei einem Endokrinologen, der ihm enorm viel Blut abnahm und mit dem er sich sehr gut und ungezwungen unterhalten konnte, endlich ein Mensch wie er dachte, mit dem man reden konnte. Dann kam sein letzter Abend, an dem es wieder Graubrot, roten Tee und Aufschnitt geben würde. Nach dem Abendessen wollte er noch mal sein Ego durch eine Partie Skat stärken, doch zu seinem Leidwesen war an diesem Abend keiner gewillt, mit ihm zu spielen. Stattdessen saß man einfach zusammen und jeder redete, was ihn beschäftigte. Es wurde viel gelacht und auf einmal schienen Krankheiten keine Bedeutung mehr zu haben. Frank freute sich auf Sophie und seine Mitinsassen, wie er sie nannte, taten ihm leid, weil bei ihnen noch überhaupt nicht klar war, wie lange sie noch hier bleiben mussten.

Zum Abschluss seines stationären Aufenthalts wurde ihm endlich der Fahrplan für die kommende Behandlung mitgeteilt. Bis dahin würden wieder acht Wochen vergehen, aber man teilte ihm mit das dann die Therapie innerhalb von drei Tagen abgeschlossen sei. Allerdings stand ihm noch eine wesentliche Aufgabe bevor: um die Funktion der injizierten Zellen zu erhalten, war es notwendig, möglichst alle freien Radikale aus dem Körper zu verbannen. Daher musste er, um seine Therapie zu einem Erfolg zu führen, Dinge wie Café, schwarzen Tee oder Annanas aus seinem Leben zu verbannen. So begann er schon bald, morgens nur noch Milch zu trinken, was ihm Anfangs durchaus schwer viel. Auch das Rauchen sollte er besser unterbinden, ebenso wie natürlich keine Drogen mehr zu sich zu nehmen. Auch das wollte er möglichst bald angehen und ließ mit Beginn des nächsten Tages das Rauchen sein. Im ersten

Moment fiel ihm das sehr schwer, vor allem nicht früh morgens zu rauchen, aber recht bald hatte er sich daran gewöhnt, morgens nur noch mit seinem Glas Milch auf zu stehen und hatte so viel mehr Zeit, so dass er eine halbe Stunde später erst aufstand. Diese Tage beschlich in ein merkwürdiges Gefühl: Er wunderte sich ganz enorm über den Verlauf seines Lebens, der gerade in den letzten Monaten ungewohnt gradlinig und ohne größere Einbruche verlief. Er hatte eine hübsche Freundin, eine Heilung stand bevor, er hatte einen befriedigenden Job und auch ansonsten lief alles nach Plan. Normalerweise geschahen in seinem Leben regelmäßig irgendwelche Rückschläge, die es ihm schwer machten, in der Tagesordnung weiter zu verfahren. Auch das Gefühl einer tiefen Zufriedenheit, dass ihn immer ängstlich gemacht hatte, weil danach für gewöhnlich irgendwelche negativen Dinge passierten, kam diese Tage wieder und verunsicherte ihn. Er hatte noch einige Wochen des Wartens vor sich und saß so nach Feierabend einfach da und wartete auf das was passieren würde, sich fragend, was es wohl diesmal sein würde. Seine Nichtraucherpläne in die Tat umzusetzen fiel ihm ungewöhnlich leicht, zumal der Zweck dieser Aktion sehr deutlich auf der Hand lag. Dann geschah mit einem Mal das, womit er natürlich mal wieder ganz und gar nicht gerechnet hatte. Er war auf der Arbeit, mit seinen Gedanken komplett in eines aktuellen Projekt eingebunden, als das Telefon klingelte. Er hob ab und seine Schwester meldete sich mit einem Beben in ihrer Stimme. Sofort war ihm klar, dass etwas Schlimmes passiert sein musste. Sie versuchte, ihn nicht lange auf die Folter zu spannen und kam daher recht schnell auf den Grund ihres Anrufs zu sprechen. Ihre Mutter war mit ihren 73 Jahren unerwartet und viel zu früh an einem Schlaganfall gestorben. Sie hatte früher schon häufiger diese Schlaganfälle gehabt, ihr letzter war so heftig, dass es mehr als ein halbes Jahr gedauert hatte, bis sie wieder sprechen konnte. Nun war es endlich so weit gewesen, dass sie das zeitlich gesegnet hatte und Frank brach sofort in Tränen aus, während ihre Schwester, die schon Zeit gehabt hatte, sich ein wenig zu fangen, ihn zu beruhigen versuchte, was ihr eher schlecht als Recht gelang. Frank ging mit verheulten Augen zu seiner Personalchefin, erzählte ihr, was passiert war, in der Hoffnung den Rest des Tages frei zu bekommen und begann prompt wieder zu weinen. Nicht nur diesen Tag sondern direkt den gesamten Rest der Woche bekam er frei und fuhr sofort zu der Wohnung seiner Mutter. Dort traf er nur seine Schwester an, der er schluchzend in die Arme fiel. Sein Bruder wohnte zu weit entfernt, so dass sie noch eine ganze Weile auf sein eintreffen warten sollten. Sie hofften, das er den Weg ohne Probleme hinter sich bringen würde, wobei dieser aber so clever gewesen war, seine Frau fahren zu lassen. Frank saß kopfschüttelnd auf einem Sessel, schockiert von der Tatsache, dass dies also nun das negative Ereignis war, mit dem er gerechnet hatte und dachte an seine Mutter und ihr großes Herz. Er dachte an seinen letzten Besuch bei ihr, zu dem auch seine Schwester gekommen war und die immer viel zu großen Mengen, wenn sie für sie gekocht hatte. Jedes mal wenn er so zum Essen bei ihr war, musste er immer riesige Mengen Essen mitnehmen. Nun war sie also nicht mehr da und er weinte langsam und traurig vor sich hin. Er hätte es so gerne erlebt, wie seine Mutter ihn nach seiner Therapie ihn laufend sehen konnte. Es war schließlich eine Erbkrankheit, die ihm seine Mutter mit auf den Weg gegeben hatte, weshalb sie permanent ein schlechtes Gewissen gehabt hatte, obwohl er ihr das nie angekreidet hätte. Es klingelte an der Tür und der Pastor, der mit ihrer Beerdingung beauftragt war, kam herein. Nach allgemeinen Beileidsbekundungen wollte er nun einiges an Informationen über ihre Mutter. Er sollte die Grabesrede halten und brauchte dafür noch einiges an Informationen. Frank und seine Schwester waren nur verblüfft, wie schnell nach ihrem Tod er erschienen war, gaben aber offen Auskunft und begannen regelmäßig wieder mit dem Weinen. Als nächstes kam ihr Bruder, der der älteste von ihnen war und somit etwas von einem Familienoberhaupt hatte, zumal ihr Vater schon gestorben war, als sie gerade in der Pubertät waren. Nachdem der Pastor wieder verschwunden war, begannen sie, verschiedenste organisatorische Fragen zu klären. Zum Glück hatte ihre Mutter eine Sterbeversicherung, die die Kosten für die Beerdigung übernehmen würde, welche aber informiert werden musste, genauso wie die Lebensversicherung. Sie durchsuchten gemeinsam die Papiere ihrer Mutter, um die nötigen Adressen zu finden und über die Größenordnung der ausgezahlten Versicherung Klarheit zu bekommen. Außerdem mussten auch noch die Geschwister ihrer Mutter informiert werden, sofern diese noch lebten. Außerdem mussten sie mit dem

Beerdigungsunternehmen in Kontakt treten, einen Sarg auswählen und die Zeremonie für die Beerdigung besprechen. So teilten sie sich die anstehenden Aufgaben, wobei Frank den Teil mit den Versicherungen regeln sollte, was ihm erstens sehr lag und zweitens ihm die unangenehmen Besprechungen mit dem Beerdigungsinstitut ersparte. Das erledigte sein Bruder, während seine Schwester die Familie ihrer Mutter informierte. So rückte der Tag der Beerdigung näher, für den Frank sich erst noch schwarze Kleidung kaufen musste, weil er diese Farbe für gewöhnlich nicht trug. Also traf er sich mit Sophie in der Stadt, da sie sich bereit erklärt hatte, diesen Gang mit ihm zusammen zu tätigen. Auch wenn sie ihm half, die passende Kleidung für diesen traurigen Anlass zu finden, war sie mehr an Handtaschen und Schuhen interessiert. Siophie hatte seine Mutter nicht mal mehr kennen gelernt. Er war mit den eingekauften Sachen sehr zufrieden und auch Sophie hatte ein paar wirklich hübsche Schuhe gefunden, die ihn auch mal auf andere Gedanken brachten. Die letzte Nacht vor der Beerdigung schlief er nur sehr wenig, weil er immer wieder daran denken musste, dass er gerade in letzter Zeit seine Mutter viel zu selten gesehen hatte. Dann war der Tag da und er und seine Geschwister trafen sich in der Wohnung seiner Mutter, um dann gemeinsam zum Friedhof zu fahren. Er war als erster dort und rollte durch die Wohnung und überlegte sich, was man wohl mit den Möbeln und dem Kleinkram anstellen sollte. Da er nichts sah, was man noch hätte gebrauchen können, hielt er es für das sinnvollste, ein Entrümplungsunternehmen anzurufen. Doch hatte dieser Schritt durchaus noch viel Zeit, auch wenn er nicht gewillt war, ihre Miete weiter zu zahlen, wo doch kein Mensch mehr hier wohnte. Zeitig fuhr man gemeinsam zum Friedhof. Frank trug einen schwarzen Anzug mit schwarzem Hemd darunter, was aus ihm trotz Rollstuhl eine stattliche Erscheinung machte. So zogen alle gemeinsam in die kleine Kapelle, wo man ihre Mutter aufgebahrt hatte, um so ein letztes Mal Abschied von ihr zu nehmen. Frank und seine Geschwister schießen die Tränen in die Augen, als sie ihre Mutter im Sarg liegen sahen, so dass es zu eher dramatischen Szenen kam. Auch die Geschwister ihrer Mutter konnten sich nur noch mit Mühe halten, so dass man es vorzog, an die Luft zu gehen, so dass der Sarg verschlossen werden konnte. Als sie nun zur Trauerfeier wieder in die Kapelle gingen, war der Sarg verschlossen und überall standen Kränze auf Ständern oder lagen auf dem Sarg. Der Pastor begann seine Rede und als er die ganzen guten Eigenschaften ihrer Mutter aufzählte und ausschmückte, begann man ganz allgemein wieder zu weinen und zu schluchzen. Die Rede des Pastors war alles andere als langweilig, sondern sehr stimmungsvoll und mit einer gewissen Zärtlichkeit. Feierlich und schweigend zog man anschließend in Richtung des ausgehobenen Grabes, wo in Windeseile alle Kränze hingebracht worden waren. Wieder liefen Frank die Tränen herunter, als er nun etwas Erde auf den Sarg warf. Die Anderen taten es ihm gleich oder warfen einen kleinen Blumenstrauß in das Grab. Nach Abschluss der Zeremonie hatten es alle sehr eilig, den so unsagbar traurigen Ort zu verlassen. In einer

Kolonne fuhr man in ein nahe gelegenes Restaurant, in dem schon alles für die Gesellschaft vorbereitet war. Es gab Café und Kuchen und Frank erinnert all das an seinen letzten Krankenhausaufenthalt und die bevorstehende Heilung. Diese war übrigens immer wieder Thema, über das er mit seinen Onkels und Tanten sprach. Niemand wünschte es einem Menschen, im Rollstuhl zu sitzen und umso mehr freute man sich für ihn und die bevorstehende Veränderung. Es wurde enorm viel geraucht, was ihn beinahe schwach gemacht hätte, wäre da nicht Sophie an seiner Seite gewesen, die schon seit einer Ewigkeit eine Nichtraucherin gewesen war. Er hatte trotz des traurigen Anlasses ein sehr interessantes Gespräch mit einem seiner Onkel über mögliche Neuerungen im Internet, die mit einem wirklich lukrativen Verdienst verbunden waren. Wäre er nicht derart traurig gewesen, hätte er die Ideen seines Onkels wahrscheinlich sogar aufgegriffen. Nach einer Weile Gespräche wurde ein sehr bürgerliches Essen serviert, bestehend aus Schweinebraten, verkochtem Gemüse und fettigen Kroketten. Die Gesellschaft war trotz Kuchen derart ausgehungert, dass alle kräftig zulangten, aber trotzdem ein Großteil auf den Platten blieb, die viel zu sehr gefüllt waren. Nach dem Essen begannen die ersten Streits unter den anwesenden Paaren, wer denn nun fahren müsse, da nahezu alle sich zu gerne kräftig betrunken hätten. Es war ja auch alles in allem ein sehr trauriger Tag, den man jetzt zu vergessen suchte und so wurden die Gespräche immer lauter und intensiver. Aber auch immer wieder wurde von Erlebnissen erzählt, die der ein oder andere mal mit der Frau erlebt hatte, die man heute zu Grabe getragen hatte. Gegen Ende des Abends, der durch das Verabschieden eines Pärchens eingeläutet wurde, lagen sich dann alle in den Armen, auch wenn sie sonst nie etwas miteinander zu tun hatten und man versprach sich, sich beim anderen zu melden, was dann aber doch nie geschehen würde. Als Sophie und Frank dann zu ihr nach Hause fuhren, war er immer noch unglaublich traurig und sprach kaum ein Wort. Dieser Zustand sollte noch eine Woche andauern, bis er sich wieder komplett gefangen hatte und zur Tagesordnung übergehen konnte. Er saß einfach nur bei ihr auf dem Sessel und sah stundenlang aus dem Fenster, so dass sie überhaupt nicht wusste, wie sie ihn aus dieser Traurigkeit heraus reißen sollte. Der Tod seiner Mutter, so makaber es auch klingt, hatte auch positive Seiten. Frank war mit einer enormen musikalischen Ader gesegnet, er spielte Gitarre und sang dazu, auch wenn es nur in Richtung Folksänger ging. Während der Beziehung zu seiner Ex war dieser Zug an ihm jäh untergegangen, so dass er nur noch einmal im Monat zur Gitarre griff. Durch die Trennung hatte sich das jedoch schlagartig geändert, so dass er jeden Tag wieder lange Zeit gespielt hatte. Ebenso hatte er eine Begabung, Texte zu schreiben, so lag es nahe, selbst Musik zu schreiben. So kam es, dass er durch den mütterlichen Tod einen ungeheuren Kreativitätsschub bekommen hatte und so nächtelang in seiner Wohnung saß und komponierte. Er schrieb sehr traurige Lieder, die in Richtung Chansons gingen und im Gegensatz zu seinen früheren musikalischen Phasen deutsche

Texte hatten. Nachdem er fast zwanzig Lieder fertig hatte, lag es nahe, diese auch mit einer Band zu spielen. So telefonierte er mit alten Freunden, mit denen er auch früher, wenn auch teilweise nur in Jam Sessions zusammen gespielt hatte, bis er die Besetzung komplett hatte, die ihm vorgeschwebt hatte. So hatte er einen Pianisten, einen Bassisten und einen Cajón-Spieler zur Verfügung. Er kannte es gar nicht anders, als dass Bassisten immer sehr merkwürdige Zeitgenossen waren, so auch der, mit dem er jetzt spielen wollte. Kaum hatte er ihn einmal angerufen und gefragt, ob er an einer gemeinsamen Arbeit interessiert sei, schon rief er jeden Tag mehrfach unter komischen Vorwänden an. Wie er später heraus bekommen sollte, war der Bassist ein Lügner vor dem Herrn und versuchte, sich über das erzählte etwas größer zu machen, als er eigentlich war. Der Cajón-Spieler hingegen war eigentlich Schlagzeuger und entsprechend, wie er es auch nicht anders gewohnt war ein Hau-Drauf-und-Schluß. Alles was er sagte, wirkte wie ein Schlag auf die Snaredrum. Zu guter letzt war da noch der Pianist, der unentwegt redete, wenn sie sich trafen oder miteinander telefonierten. Trotz all ihrer Macken schaffte es Frank auf kolossale Art und Weise, mit diesen Menschen umzugehen, in dem er jeden Einzelnen sehr wichtig nahm und ihnen zu verstehen gab, dass sie für dieses Projekt unerlässlich waren.
Ihr erstes Aufeinandertreffen gestaltete sich dann auch als recht schwierig, auch wenn Frank sich im Vorfeld überlegt hatte, das Zepter nicht aus der Hand zu geben.

Er hatte ihnen extra gesagt, dass sie keine Instrumente mitbringen sollten, so dass sie gemeinsam zu einem türkischen Restaurant fuhren und dort ihre erste Besprechung abhielten, während sie sich die Bäuche voll schlugen. Er erklärte ihnen in den schillernsten Farben wie er sich das Produkt vorstellte und in welchen Läden er beabsichtigte, damit aufzutreten, was schließlich Zweck der Übung war. Nach seinem Vortrag wurde wild durcheinander gesprochen und jeder erzählte darüber, was ihm gerade in den Sinn kam. Man war einhellig einer Meinung, was den Erfolg des Konzeptes betraf. Die von Frank mitgebrachten Texte wurden überflogen und man bestätigte ihm, dass es sich dabei um außerordentliches Material handelte. Aufgrund der relativ geringen zu erwartenden Lautstärke und wegen Franks Handicap verabredete man sich, die Proben bei ihm zu Hause abzuhalten. Das Haus in dem er wohnte war voll mit jungen Leuten, die regelmäßig viel zu laut ihre Musik hörten, so dass er dachte, auch wenn es mal etwas lauter werden würde, dass sich niemand beschweren konnte. Drei Tage später traf man sich zu einer ersten Probe für die sich Frank überlegt hatte, dass es vielleicht das beste sei, erstmal ganz ungezwungen und ohne Noten miteinander zu spielen, um erkennen zu können, ob sie überhaupt miteinander harmonieren würden. Er hatte im Vorfeld versäumt, sich um ausreichend Strom zu kümmern, was ihn jetzt in eine leichte Hektik verfallen ließ und er sich nicht um die akustische Gitarre kümmern konnte, die er der elektrischen vorzog. Er hatte sich diese bei einem Trip nach New York, den er mit seinem Bruder und seinem Schwager durchgezogen hatte gekauft und immer wenn er in Geldnot war und der Verkauf eines Instruments angesagt war, hatte er sie gar nicht erst in Betracht gezogen. Die ersten, die Töne aus ihren Instrumenten holten waren der Bassist und der Cajón-Spieler, was schon so außerordentlich gut klang. Sie beschränkten sich auf zwei Akkorde, um die Verwirrung möglichst gering zu halten. Frank fiel Prince ein, der von minimalistischen Wiederholungen sprach und mit diesem Konzept wirklich unglaubliche Musik erzeugte. Dann stieg der Pianist ein, der genau so spielte, wie es Frank sich vorgestellt hatte. Er war froh, genau diese Leute gefunden zu haben und war sich sicher, dass ihr Konzept zu einem gewissem Erfolg führen würde. Es ging ihnen nicht darum, sich zu Megastars zu entwickeln. Vielmehr wollten sie Menschen in relativer Nähe Freude bereiten und das eingesetzte Kapital wieder einspielen. Als letzter setzte Frank ein und solierte über der Basis der anderen sehr virtuos, ließ sich in die Musik fallen, als wäre es ein Stapel Matratzen, so dass bereits bei ihrem ersten Treffen etwas einzigartiges entstand. Immer weiter trieb er die Musik auf einen Höhepunkt zu, wurde schneller und höher, ließ sich dann wieder zurückfallen, als wolle er den Höhepunkt hinauszögern und ging nach seinem letzten gequälten Bending in einen leise begleitenden Rhythmus über. Sie fanden ein gemeinsames Ende und es folgte ein Schweigen, wobei alle Beteiligten unglaublich erstaunt waren, über das, was soeben geschehen war. Es war völlig klar, das diese Musiker zusammen passten, wie es Musiker nur selten tun. So spielten sie bis in die tiefe Nacht weiter, fühlten sich wie Mann und Frau, die sich gerade in einander verliebten und all die beschriebenen Macken spielten keine Rolle mehr. Zum Abschied nahmen sie sich sogar in den Arm, was in diesen Kreisen eher unüblich ist.

Auf der nächsten Probe legte Frank allen Kopien der zu bearbeitenden Stücke vor und schlug vor, mit dem seiner Meinung nach besten Stück zu beginnen. Das Ergebnis eines ersten Spielversuchs entsprach exakt dem, was er sich vorgestellt hatte. Die versammelten Musiker schafften es mit Bravur, der eigentlich toten Musik, Leben einzuhauchen. Frank hatte die Stücke weitestgehend durcharrangiert, erklärte die Marschrichtung mit wenigen Worten, die die Anderen aufgriffen und sofort umsetzen konnten. Schon jetzt machte sich Frank sehr viele Gedanken darüber, wie er wohl bei einem Auftritt erscheinen sollte. Er hatte mit einer früheren Band mal einige Konzerte mit einer anderen Band gespielt, deren Sänger contergangeschädigt war. Seine kleinen, verkrüppelten Armchen klatschen im Takt und erzeugten eine merkwürdige Beklemmung bei den Zuschauern, die in Richtung Mitleid ging. Diese Art Mitleid wollte er beim besten Willen nicht erzeugen und sich daher nicht im Rollstuhl zeigen. Allerdings gab es auch nicht überall Vorhänge hinter denen er sich auf einen Stuhl hätte setzen können. Es blieb ihm daher nichts anderes übrig, als einen Krückstock zu verwenden, mit dem er auf einen Stuhl zuging, obwohl er dabei Angst hatte, zu stürzen. Sie probten weiter sehr regelmäßig und es dauerte nur noch wenige Wochen, bis sie hätten auftreten können. Jetzt ging es darum, den Ort für den ersten Auftritt zu finden. Ein befreundeter Wirt hatte eine Kneipe, in der regelmäßig Bands auftraten und er wollte ihn fragen, wann sie dort mal spielen könnten. Er bot ihm an, dies jederzeit zu tun, wollte jedoch vorher von ihnen etwas gehört haben, so dass sie gezwungen waren, ein Demoband auf zu nehmen. Sie nahmen dies relativ zügig in Angriff, wohl wissend, das dies einige Zeit in Anspruch nehmen würde. So diskutierten sie erst ein mal, welches wohl der beste Weg dafür sein würde. Es gab die Möglichkeit, mit einem einfachen Stereomikrophon zu arbeiten, das sie beim Proben einfach in ihre Mitte stellten, alles ordentlich abzunehmen und aufzunehmen oder step-by-step alles einzeln aufzunehmen. Nach reiflichen Überlegungen entschied man sich, die step-by-step Methode zu wählen und dabei mit Cajón und Bass als rhythmische Grundlage zu beginnen. Anschließend sollte das Piano aufgenommen werden und schließlich die Gitarre. Da dieser Prozess einige Zeit in Anspruch nehmen würde, wurde beschlossen, das sie sich ein Wochenende lang in Franks Wohnung einschließen wollten, um dann dem erforderlichen kreativen Prozess zu frönen. Das übernächste Wochenende schien dafür sehr geeignet und Frank kaufte dafür allerhand Leckereien ein, die man schnell kochen konnte. Aufgenommen wurde auf seinem Laptop mit Hilfe eines Audiointerfaces, eine Technik die sich als dafür geeignet heraus gestellt hatte. Während dieses Wochenendes hatten sie eine ganze Menge Spaß, lachten endlos viel und diskutierten alle möglichen musikalischen Themen. Es war immer einer oder zwei, die gleichzeitig aufgenommen wurden, während die Anderen für alles mögliche Zeit hatten und diese auch rege, wie es bei Musikern Gang und Gäbe ist, vor Allem um über das andere Geschlecht zu lästern. Der Einzige, der während der gesamten Zeit heftig eingebunden war, war Frank, der Gitarre spielen musste, sang und gleichzeitig die Übrigen aufnehmen sollte. Den Sonntag Nachmittag hatten sie für das Abmischen frei gehalten und das anschließend vorliegende Ergebnis erfüllte ihre Erwartungen in vollem Maße, so dass sie kollektiv in die Kneipe fuhren, in der sie spielen wollten und dem Wirt ihre Musik vorspielten. Dieser war mindestens ebenso überzeugt von der Musik, so dass sie gemeinsam einen Termin für das bevorstehende Konzert fanden. In der Kneipe war keine Gesangsanlage, die man fest installiert hatte, so dass man etwas mitbringen musste, ohne zu wissen, wo man es herholen sollte. Bei diesem ersten Auftritt sollte alles stimmen, ebenso wie der Sound und so suchten sie nach einem PA-Verleiher, der sie mit der entsprechenden Technik ausstatten konnte. Für ihren Auftritt holte einer der Bandmitglieder eine ausreichend starke Anlage ab und man fuhr kollektiv in die Kneipe, in der man spielen wollte. Schon beim Soundcheck war allen klar, dass dies ein besonderer Gig werden würde, denn alles in Allem klang das, was sie taten sehr gut. Vor ihrem Auftritt stellten sich die Bandmitglieder an die Bar und unterhielten sich angeregt, während sie zuschauten, wie sich die Kneipe langsam füllte. Sie waren sehr neugierig gewesen, welche Art Menschen sich wohl zu ihnen gesellen würden, um einen Abend mit Musik zu verbringen. Wegen seiner Peinlichkeit bewegte sich

Frank mit einem Krückstock auf den Stuhl zu, den man ihm auf die Bühne gestellt hatte und begann, seine Gitarre zu stimmen. Als er damit fertig war, legte er die Hände auf den Hals der Gitarre und wartete, bis seine Mitspieler ihr Bier ausgetrunken hatten und auf die Bühne gekommen waren. Er begann, in dem er das Publikum begrüßte. Dann endlich begannen sie mit dem ersten Stück, ihre Paradenummer, die sie zu dem noch besser spielten, als auf den Proben. Frank war ungemein ergriffen von der Situation. Er hatte vor einem halben Jahr noch nicht gedacht, dass er jemals wieder auf einer Bühne zu sehen wäre und so kämpfte er mit seinen Tränen und dem Liedtext, den er zu singen hatte. Und während er so dieses erste Lied spielte, dachte er an seine Mutter, ohne die diese Aktion vielleicht niemals stattgefunden hätte. Das Publikum, ging man von ihren Reaktionen aus, schien begeistert zu sein. Während der Stücke war man eher ruhig und lauschte auf die Texte, nach jedem Lied wurde ausgiebig applaudiert. So spielten sie ihr Programm runter und der abschließende Applaus wollte kein Ende nehmen. Die Musiker gingen von der improvisierten Bühne und nahmen sich, was bei ihnen eher unüblich war, zur Gratulation in die Arme. Gemeinsam gingen sie zu den anderen Gästen, um sich ein Bier zu genehmigen und wurden von diesen sehr herzlich aufgenommen. Immer wieder hörten sie, wie sie jemand lobte oder ihnen jemand einfach auf die Schulter klopfte. So feierten sie ausgiebig ihren ersten Auftritt in dieser Formation und viele der Gäste feierten mit ihnen, auch wenn Frank auf seinem Rollstuhl, in den er sich wieder gesetzt hatte, hinter der Theke etwas verloren aussah. Sie nahmen sich vor, mit diesem Programm noch sehr viele Konzerte zu spielen und jeder von ihnen ahnte, welcher Berg Arbeit damit auf sie zu kommen würde.

Als dann endlich der Tag gekommen war, an dem er wieder ins Krankenhaus gehen sollte, packte er erneut einige Habseligkeiten ein, nachdem er schon wieder viel zu früh wach geworden war. Eine große Aufregung hatte sich gleich am Morgen gezeigt, denn es sollte ja die Zeit seiner Heilung gekommen sein, nachdem er wieder unglaublich lange hatte warten müssen. So war er dann auch über eine halbe Stunde zu früh in der Aufnahme des Klinikums und ließ seine Personalien aufnehmen, um dann auf eine andere Station geschickt zu werden, deren Zimmer jedoch ebenso karg waren, wie auf der anderen Station. Die paar Kleidungsstücke, die er mitgebracht hatte, waren schnell im Schrank untergebracht, so dass er Zeit hatte, sich auf der Station um zu schauen. Er musste feststellen, dass nicht nur sein Zimmer sehr karg war, sondern die gesamte Station und es machte den Anschein, als habe man gerade frisch gestrichen. Das würde auch zu dem Geruch passen, den man überall wahrnehmen konnte. Es war gerade Zeit für Café und Kuchen und man wies ihn an, auf sein Zimmer zu gehen, da er sonst kein Café bekommen würde. Er verzichtete und zog es stattdessen vor, eine ausgedehnte Runde zu drehen. Es würde, wenn alles gut ging eine seiner letzten Male gewesen sein, in denen er mit dem Rollstuhl durch die Welt rollte. Zurück auf der Station hatte man ihn schon gesucht, einzig und allein um ihm mit zu teilen, dass er am nächsten morgen ganz früh eine Computertomographie haben werde. Für eine ordnungsgemäße Behandlung war es notwendig, dass man die Läsion in seinem Rückenmark lokalisierte. Je exakter diese Stellen gefunden waren, desto höher waren die Erfolgsaussichten, denen Frank jetzt nicht mehr wirklich trauen konnte. Es war wohl relativ normal, dass ein Patient in seinem Stadium der Wirkung einer Therapie nicht wirklich glauben konnte. Am nächsten Morgen nach einer wieder mal sehr unruhigen Nacht wurde ihm zu aller erst eine unglaubliche Menge Blut abgenommen. Die Therapie, die auf ihn wartete, geschah mit lebenden Zellen, die natürlich vom Körper angenommen werden mussten. Eine Abstoßung konnte ihn gesundheitlich extrem gefährden und war zudem eine ganz enorme Geldverschwendung, da die Therapie enorm teuer war. Was daran so teuer war, konnte Frank nicht genau nachvollziehen, vermutete aber, dass die verwendete Zellkultur einen hohen Preis hatte. Nach einem Frühstück, das wieder zur Hauptsache aus Graubrot bestand, wurde er dann zum CT geschickt. Der Tomograph stand im Keller, in den er nur über einen alten, wenig Vertrauen erweckenden Aufzug kam, der wahrscheinlich schon seit fünfzig Jahren hier seine Dienste erledigte und in dem er permanent Angst hatte, stecken zu bleiben. Der Keller war durchzogen von Versorgungsleitungen, die überall unter der Decke verliefen und roch etwas schimmelig und auch wieder nach frischer Farbe, obwohl die Wände nicht frisch gestrichen aussahen. Im CT-Raum erwartete ihn bereits ein sehr netter Arzt, mit dem er sich sehr gut verstand und der ihm sehr ruhig und geduldig das Verfahren erklärte, das ihm bevorstand. Er sollte sich fast komplett entkleiden, wurde gefragt, ob er irgendwelche Metallteile im Körper hatte und wurde dann mit der Liege sehr langsam und geräuschvoll in eine Röhre geschoben, in der er sich kaum bewegen konnte, dies aber auch gar nicht sollte. In der nächsten halben Stunde sollte er sich idealer weise überhaupt nicht bewegen, da die Aufnahmen, die gemacht wurden, dann nicht mehr brauchbar gewesen wären. Er traute sich denn auch kaum zu atmen, um den Erfolg der Untersuchung nicht zu schmälern. Während er in Schichten fotografiert und durchleuchtet wurde, war in der Maschine ein ungeheurer Lärm zu hören und er ängstigte sich um sein Gehör, das in der Tat durch das Tomogramm stark beansprucht wurde. In solchen Situationen, die mehr als unangenehm waren, viele Menschen bekamen in dieser Röhre eine enorme Platzangst, hatte er die Strategie, einfach die positivsten Dinge zu denken, die ihm möglich waren und so stellte er sich Sophie vor, wie sie in einer Strumpfhose und BH vor ihm her turnte. Es war nicht exakt eine halbe Stunde sondern einiges mehr, wovon er allerdings nichts mitbekam, da er ja keine Uhr tragen durfte. Im Anschluss wurde ihm gesagt, dass noch eine Untersuchung durchgeführt werden musste, die man bei seinem letzten Aufenthalt versäumt hatte. Es wurde ihm nicht gesagt, worum es ging, sagte ihm lediglich in welchem Zimmer die Behandlung stattfinden würde. Er begab sich dort hin und wartete geduldig, dass man ihn aufrief. Nach einer sehr langen Weile öffnete sich dann eine Tür und eine Frau im Kittel bat ihn, herein zu kommen. Er trat ein und die Frau, von der er vermutete, das sie eine Ärztin war und ganz am Rande enorm gut aussah und dazu noch in seinem Alter war, kramte weiter herum, ohne ihn zu beachten. Nach einer weiteren Weile wendete sie sich dann ihm zu und verriet ihm, dass seine Gonaden untersucht werden müssten. Sie holte eine Kette mit großen Holzperlen aus einer Schublade, wie er später erkannte dienten die Holzkugeln, die eigentlich gar keine Holzkugeln waren, dazu, die Größe seiner Hoden zu bestimmen. Dazu hielt die Ärztin in der einen Hand die Holzkette, bat ihn, die Hose herunter zu ziehen und fasste dann mit der anderen Hand nach eben diesen seinen Hoden. Es war ihm diese Untersuchung sehr unangenehm und er bemühte sich wieder an etwas komplett anderes zu denken, was diesmal auch nicht sexuellen Inhalts war. Sie sah ihn an und er lächelte sie fröhlich an, worauf hin sie von ihm abließ und die Untersuchung hektisch beendete. Als er später noch mal über diese Situation nachdachte, war er sich sicher, dass sie diese Untersuchung zum ersten Mal durchgeführt hatte und sein Lächeln, während sie nach seinen Hoden Griff und was einfach nur freundlich gemeint war, völlig falsch verstanden hatte. Den Rest des Tages verbrachte er ungeduldig mit Warten und verlor sogar abends beim Skat, das auch auf dieser Station gespielt wurde, so wenig war er bei der Sache und das obwohl seine Gegner nicht die stärksten Spieler waren. So ging er denn auch schon recht früh zu Bett, obwohl er noch gar nicht müde war und las in dem Buch, dass er sich mitgebracht hatte und dass er denkbar uninteressant fand, wie er jetzt feststellen musste. Irgendwann schlief er dann trotzdem über diesem Buch ein. Am nächsten Tag wartete er darauf, dass man ihn wieder irgendwo hin schickte, aber nichts geschah. Aufgeregt rauchte er in der Raucherecke endlos viele Zigaretten und fragte schließlich eine Krankenschwester, ob es für ihn heute keine Termine gäbe. Sie schaute in seine Unterlagen und musste ihm mitteilen, dass heute mit ihm nichts passieren würde, da man für alles weitere auf seine Blutergebnisse warten müsse. So entschied er sich dazu, Sophie auf der Arbeit anzurufen, mit der er wieder vereinbart hatte, dass sie ihn nicht besuchen solle, weil der Weg definitiv zu weit war. Sie erkundigten sich wechselseitig über ihren Zustand und er berichtete ihr davon, dass man mit ihm am heutigen Tag nichts vorhabe und dass er nicht wisse, wie er den Tag hinter sich bringen sollte. So rollte er im Anschluss an ihr Telefonat wieder durch das bewaldete Gelände des Krankenhauses bis er eine entlegene Ecke gefunden hatte, wo er sich wieder mal einen Joint baute, den er hastig wegrauchte. Dabei dachte er daran, dass er mit dem Kiffen, ebenso wie mit dem Rauchen mal langsam aufhören müsse, um seine Behandlung zu einem Erfolg zu führen. Dann saß er einfach sehr lange da und betrachtete einen alten Baum, der es ihm angetan hatte. Der etwas gebogene Stamm des Baumes erinnerte ihn an sein eigenes Leben, dass ebenso einem gebogenen Stamm glich und in dem viele Dinge sich einfach nicht in die richtige Richtung entwickelten. Dann rollte er wieder in die Cafeteria, wo er Gedanken versunken einen Café zu sich nahm und die Welt um ihn herum fast gar nicht wahrnahm. Auch die hübsche, junge Frau, die hier arbeitete und die er immer wieder gerne beim Abwischen der Tische oder zurechtrücken der Stühle betrachtete, sah er gar nicht. Er dachte nur noch an seine bevorstehende Heilung und wie die Welt aussehen würde, wenn er wieder laufen konnte. Was er nicht wusste, war das man die Zellen, mit denen er behandelt werden sollte nach den Ergebnissen seiner Blutuntersuchung aus der Schweiz importieren musste. Und dieser Import würde, obwohl man dies per Eilboten schickte, einen weiteren Tag dauern, den er ebenfalls zu warten hatte. Langsam wurde die Warterei unerträglich und er hatte das Gefühl, sein gesamtes Leben hätte nur aus Warten bestanden. Dann dachte er an das was seine Schwester ihm gesagt hatte. Demnach war jeder ein Täter und nicht Opfer und es wurde ihm bewusst, dass auch er ein Täter war. Er hatte seinen Job gekündigt und sich in diese Situation begeben, die zum größten Teil aus Warten bestand. Dieser Gedanke half ihm, wenn auch nur kurzzeitig, mit dem Warten klar zu kommen. Seine Motivation, sich zu bewegen und durch die Gegend zu rollen, hatte er völlig verloren und so lag er den letzten Tag, den er auf seine Therapie warten musste, auf seinem Bett und starrte Löcher in die Luft, immer mit einem Auge auf die Uhr schauend. Doch er stellte fest, dass die Zeit langsamer zu vergehen schien, je häufiger er auf die Uhr schaute. Aber er konnte sich ebenso wenig dazu aufraffen irgendetwas zu unternehmen, griff immer wieder nach dem Buch, dass er so uninteressant fand und legte es nach wenigen Sätzen wieder weg. Erfahrungsgemäß sollte aber auch dieser Tag vorbei gehen, auch wenn ihm jetzt die Zeit bis zum Abendessen wie eine Ewigkeit vorkam. Auch der Fernseher, der den ganzen Tag lief, konnte ihm nicht helfen und hin und wieder schaltete er zwischen Gerichtssendungen und Talkshows hin und her. Es kam ihm vor, als säße er in einem Wartezimmer, wo man ihn schlichtweg vergessen hatte. Doch auch dieser Tag verging und am nächsten morgen rollte man ihn nach dem Frühstück mit dem Bett in einen Behandlungsraum, der einem Operationssaal glich. Die hier anwesenden Ärzte und Schwester waren allersamt bester Laune, weil es völlig klar war, dass sie das Leben Vieler komplett ändern und in Richtung Heilung ändern konnten. Zuerst bekam er ein Beruhigungsmittel gespritzt, weil man wusste, dass die Patienten, die hier behandelt wurden, äußerst aufgeregt waren. Dann rollte man ihn auf die Seite und machte seinen Rücken frei, da die Läsion im Bereich des unteren Rückens lag und Frank wegen der Beruhigungsspritze zu keiner Mithilfe fähig war. So schlief er dann auch ein, zumal er in der Nacht zuvor quasi überhaupt nicht geschlafen hatte, während man großflächig seinen Rücken desinfizierte. Ein Neurologe tastete seine Wirbelsäule ab um die beste Stelle zu finden, wo hinein die kommende Injektion am besten zu erfolgen hatte. Um sich die Injektion zu erleichtern, markierte er die Stelle mit einem farbigen Stift. Dann wurde diese Stelle zu allererst betäubt, um den Schmerz beim Injizieren möglichst gering zu halten. Eine Schwester war alleine damit betraut, die Zellkultur für die Injektion vorzubereiten. Sie reichte dem Neurologen eine enorm große Spritze, der sich freundlich bedankte und sich für den wesentlichen Teil seiner Behandlung vorbereitete. Frank wachte in seinem Krankenzimmer wieder auf und spürte ein unglaublich heftiges Kribbeln in seinen Beinen. Neugierig versuchte er, seine Füße zu bewegen, war aber enttäuscht, als er merkte, dass sich nichts verändert hatte. Zu dem Kribbeln, das sich anfühlte wie tausend Nadelstiche gesellten sich jetzt noch die heftigsten Spastiken, die er je erlebt hatte. Es fühlte sich an, als sei die Therapie vergebens gewesen und er spürte einen unglaublichen Drang, eine Zigarette zu rauchen, verdrängte diesen Gedanken jedoch wieder recht schnell. Er sagte sich, dass man keine Wunder erwarten konnte und man erstmal eine lange Zeit warten musste. Und schon wieder war er beim Warten, sein scheinbar großes Thema in seinem Leben. Den Rest des Tages war er natürlich immer wieder damit beschäftigt zu fühlen, was sich verändert haben konnte, aber bis auf das Kribbeln, das ihn vom Schlafen abhielt und den Spastiken war nichts zu verzeichnen. Irgendwann schlief er dann doch ein, zumal sein Tag sehr aufregend und anstrengend war. Am nächsten Morgen fühlte sich sein Körper sehr verändert an. Er spürte seine Beine viel mehr, auch wenn diese immer noch unglaublich kribbelten und er hatte das Gefühl, dass er viel mehr Kontrolle über seine Beine hatte. Die Spastiken waren komplett gewichen, aber nun hatte er stark mit dem Nichtrauchen zu kämpfen, da er gerade morgens immer sehr viel geraucht hatte. Aber der Gedanke daran, wieder normal seine Beine bewegen zu können, reichte aus, ihn von dieser Sucht abzulenken. Er nahm sich vor, ein paar

Gehübungen zu machen und so vielleicht seinen Heilungsprozess zu beschleunigen. Auf dem Flur der Station hatte man Handläufe angebracht, an denen er sich festhielt und nahezu den gesamten Morgen auf und ab ging. Während seines Krankenhausaufenthalts überlegte sich Sophie, wie sie ihren Freund nach diesem Aufenthalt überraschen konnte, denn sie wollte ihm, egal wie es ausgehen würde, etwas Besonderes bieten, so dass sie einen Wochenendtrip nach Holland ans Meer plante, zumal sie wusste, wie häufig er davon geträumt hatte, am Strand entlang laufen zu können. Die Vorstellung, dies Hand in Hand mit ihm zu tun, weckte in ihr die größten romantische Gefühle. Frank glaubte während dessen nicht daran, dass diese Therapie derartigen Erfolg zum Resultat hätte. Immer häufiger löste sich sein Griff vom Handlauf und er wurde mutiger und wagte es sogar, zu Fuß in die Cafeteria zu gehen, obwohl er dazu den breiten Flur kreuzen musste und er nichts hatte, w3oran er sich hätte halten können. Als er diesen Flur durchschritt fühlte er eine weit größere Sicherheit von seinen Beinen ausgehen, als dies jemals in seiner Erinnerung der Fall gewesen war. Man wollte ihn diesen Tag noch zur Beobachtung in der Klinik lassen, so dass er am nächsten Tag entlassen werden würde. Bis dahin wollte er noch viel trainieren und Sophie gehend gegenüber treten. An Sex und eventuelle Änderungen in diesem Bereich wagte er erst gar nicht zu denken und ging daher einfach erstmal davon aus, dass hier alles beim Alten blieb, auch wenn er wieder einiges an Reaktionen in seiner Hose spüren konnte. Während des gesamten weiteren Tages spürte er mehr und mehr seine Beine und als er den Oberarzt auf dem Flur traf, konnte er nicht anders, als diesen in den Arm zu nehmen und sich herzlich zu bedanken. Dann traute er sich sogar, das Gebäude zu verlassen, um eine Runde durch den Park zu drehen. Als er spürte, wie leicht er auf seinen Beinen vorankam, begann er sogar zu laufen, denn er wollte auch dies mal ausprobieren. Es dauerte nur wenige hundert Meter, bis er völlig erschöpft anhalten musste, um sich auf eine Bank zu setzen. Er hatte schließlich eine lange Zeit im Rollstuhl verbracht, was sicherlich seiner Kondition enorm geschadet hatte. Dass sich die Muskeln in seinen Beinen nicht verringert hatten, freute ihn jetzt sehr. Er blieb so lange auf der Bank sitzen und dachte über sein neues Leben nach, dass er das Abendessen, das ihm sowieso nie gefiel, verpasste. Irgendwann ging er auf sein Zimmer, setzte sich auf das Bett und betrachtete den Rollstuhl der daneben stand. Auf diesen Rollstuhl würde er jetzt nie wieder angewiesen sein, wie er hoffte. Vielleicht würde es nötig sein, die Therapie zu wiederholen, da man ja nicht den Ursprung seiner Erkrankung behandeln konnte, was ihm jedoch keine Schwierigkeiten machen würde. Beim abendlichen Skat-Spiel gewann er heute dermaßen extrem, dass er dies nur auf seine Heilung zurückführen konnte. Als später all seine Zimmergenossen bereits schliefen, fand er wieder mal keine Ruhe und zog es daher vor, aufzustehen und durch die Gegend zu laufen. So lief er fast die halbe Nacht auf dem Flur auf und ab und benötigte dabei immer seltener die stützende Kraft des Handlaufs. Am nächsten Morgen war er dann auch entsprechend müde und ungehalten, verlor seine schlechte Laune jedoch sofort wieder, wenn er an die Veränderung bezüglich seiner Beine dachte. Wieder musste er eine ganze Zeit warten, bis er seine Papiere ausgehändigt bekam und hatte schon Stunden vorher seine Sachen gepackt, die er ungeduldig auf das Bett gestellt hatte. Dann endlich war es so weit und er nahm seine Tasche, mit der er hastig zu seinem Wagen ging. Erst fuhr er, so wie er es gewohnt war mit Handgas, bis ihm bewusst wurde, das er ja wieder völlig normal mit den Füßen fahren konnte und so eine Hand mehr frei hatte. Nun konnte er sein Handgasgerät ebenso wie seinen Rollstuhl und sein Handbike verkaufen und somit sein Konto auffrischen. Früher hatte er sich, sobald er im Auto saß, eine Zigarette gedreht, stattdessen versuchte er sich mit lauter Musik und Lakritzbonbons ab zu lenken. Er hörte während der Fahrt laut Musik und konnte das Lächeln nicht von seinem Gesicht weg bekommen.

Sophie hatte sich, seit der Bekanntschaft mit ihrem Freund enorm verändert. Und diese Veränderungen bezogen sich nicht rein auf ihr Äußerliches. Aber hier waren diese Veränderungen am Extremsten zu erkennen. Zu allererst hatte sie eine große Menge Gewicht verloren. Ihr ehemals etwas auslandender Po war einem schlanken Etwas gewichen, den sie liebend gern in enge Jeans steckte. Ebenso wie Frank hatte auch sie mit ihrem schwindenden Gewicht eine Vorliebe für Nylon entwickelt und trug nun auch liebend gern Strumpfhosen und Stay Ups. Letztere waren vor allem für spezielle Gelegenheiten besonders vorteilhaft. Überdies sah nicht nur zu Franks Vergnügen ihr Po darin formidabel aus. Zu ihrem großen Glück hatte ihre Oberweite unter ihrem Abnehmen nur unwesentlich gelitten, denn sie trug diese gerne bei jeder Gelegenheit zur Schau. Aber auch ihr Wesen hatte sich nicht in unwesentlichem Maße verändert. So hatte sie, ebenso wie Frank diese zeigte, eine erhebliche Lässigkeit in ihrem täglichen Leben entwickelt. Während sie sich früher über viele Dinge aufregte, nahm sie diese jetzt wesentlich gelassener hin, ohne dabei direkt an die Decke zu gehen. Außerdem hatte auch sie begonnen, hin und wieder Cannabis zu rauchen, vor allem wenn sie mit Frank etwas spielen wollte. Schließlich machte auch sie das enorm locker und zu vielen Dingen bereit, die sie in normalem Zustand niemals zugelassen hätte. Und damit hatte sie auchvals Cannabisraucher gleich etwas gelernt, was eigentlich nicht in Worte zu fassen ist und einer gewissen Reife gleichkommt.

Sie war enorm erfreut über Franks Therapie und teilte mit ihm die Hoffnung einer möglichen Genesung. Etwaige Vorteile, die sie daraus hätte ziehen können waren dabei nicht im Gespräch, sondern diese Hoffnung ging dabei eher in Franks Richtung, sowie der Tatsache, das sich sein Leben eventuell erleichtern könnte. In welchem Maße eine Veränderung zu erwarten war, war auch für sie nicht absehbar. Sie hatte mit ansehen müssen, wie sich sein Zustand langsam aber kontinuierlich verschlechterte, wie viele Kleinigkeiten seines alltäglichen Lebens verschlechterten, ohne das er jemals ein Wort darüber verlor. So war dies zwischen ihnen auch niemals ein Thema als vielmehr die Dinge des alltäglichen Lebens.

Über ihn hatte sie auch den Kontakt zu ihrer Familie nahezu abgebrochen, wie es häufig bei jungen Paaren vorkommt, die in der ersten ernstzunehmenden Beziehung ihres Lebens stecken. Bei ihr war es jedoch so, dass der Draht zu ihren Angehörigen sowieso ein recht dünner war, so dass es ein leichtes war, diesen komplett abreißen zu lassen.

Nach wie vor galt ihre große Leidenschaft der Dekoration, so dass sie auch seine Wohnung mit einigen Kleinigkeiten verschönte, obwohl diese das gar nicht wirklich nötig hatte. Schließlich hatte auch er einen Draht zu wohnlichen Dekorationen, trotzdem fand sie der eine oder andere Platz in seiner Wohnung, die nun mehr oder minder ihre gemeinsame geworden war. Es waren mannigfaltige Kleinigkeiten, die sie auf ihren gemeinsamen Jagden durch die Läden der Stadt gefunden hatte und über die sie sich jedes mal wie ein Kind gefreut hat. Nun war es lediglich erforderlich, etwas mehr Staub zu wischen zwischen kleinen Engelsfiguren und Kerzenständern.

Sie hatte sich nun für ihren Freund in Schale geworfen, trug Stay Ups und ihre schönste Unterwäsche, in die sie nicht wirklich passte, jedoch ihre Oberweite ganz besonders hervorhob. Auch hatte sie sich ganz besondere Mühe bei der Auswahl ihrer Oberbekleidung gegeben, was in einem Wunderschönen, geblümten Kleid resultierte. Auch die passenden Schuhe hatte sie gewählt, von denen sie ebenso wusste, dass sie Frank ganz enorm gefallen würde. Sie freute sich auf ihn und war natürlich auch über seinen Zustand gespannt, obwohl sie von Telefonaten wusste, dass seine Therapie ihm scheinbar helfen würde. Würde das gewünschte Ergebnis nicht eintreten, wäre sie trotzdem unvermindert für ihn da. Sie hatte im Übrigen auch Franks Vorliebe für gute Küche übernommen und hatte sich, hauptsächlich durch ihn eine große Menge an Fingerfertigkeiten, die für die Küche bedeutsam sind, angeeignet. Während zahlreicher Übung hatten sie bereits eine Menge Freude, der nur partiell in eine sexuelle Richtung ging. Sie kochten dabei die ausgefallendsten Dinge bei denen auch hin und wieder Dinge dabei waren, denen sie beide nicht Herr waren und das Resultat trotzdem verspeisten. Und auch beim Verspeisen ihrer produzierten Stücke hatten sie die größte Freude und waren ganz enorm bei einander, küssten sich regelmäßig und unterbrachen regelmäßig ihre Mahlzeit, um sich zu umarmen. Gerade über ihre gemeinsamen Essen dachte sie nun nach und schmunzelte hin und wieder. Sie war sehr glücklich, einen derart herzlichen Mann mit einem derart großen Bedürfnis nach Nähe gefunden zu haben. Und so war sie auch zu allerlei Dingen bereit, die sie bei manch anderem Mann nicht an den Tag gelegt hätte. Besondere Kleidung anzulegen war dabei eher eine Kleinigkeit gegenüber vielen anderen Dingen, die sie für ihn tat, aber für keinen anderen Mann getan hätte. Jetzt wurde es erneut Herbst, aber sie dachte an die vielen Dinge, die sie mit ihm im vergangenen Sommer unternommen hatte und die für sie ebenfalls eine enorme Freude bedeutet hatten. Vor allem ein Picknick in einem nahe gelegenen Schlosspark war ihr dabei im Kopf und das ganz extreme Gefühl, mit dem er ihr dort gesagt hatte, dass er sie liebt. Und er liebte sie wirklich. In keiner ihrer bisherigen Beziehungen hatte sie sich je so glücklich wie bei Frank gefühlt.

Dann hörte sie plötzlich seine Hupe und sprang sofort ans Fenster, wo sie ihn sah, wie er völlig mobil um sein Auto ging um sein Gepäck aus dem Kofferraum zu holen. Ebenso schnell war sie an der Tür und öffnete diese erwartungsvoll.

Frank war bereits an der Eingangstür die sie mit dem Türdrücker öffnete. Er sah ihr lächelnd entgegen, während er sein Gepäck mit Leichtigkeit dabei hielt.

Er ließ seine Tasche fallen und nahm sie in die Arme, als hätten sie sich eine Urzeit nicht gesehen. Sie küssten sich mit einer ebensolchen Leidenschaft lange und innig.

Dann erst sah er sie an und sofort viel ihm, unter anderem auch an ihrem Geruch auf, wie sehr sie sich auf diesen Moment vorbereitet hatte. Eine großartige Überraschung hatte sie sich für ihn überlegt, von der sie hoffte, dass er sich darüber freuen würde. Auch hatte sie eine kleine Speise vorbereitet, von der sie hoffte, das sie Franks Gaumen treffen würde und das immer noch alles so aussah, wie sie es vorbereitet hatte. Aber zum Essen kamen sie gar nicht, statt dessen erzählte er zuerst, wie es ihm die letzten Tage ergangen war und in welcher Form sich Veränderungen bezüglich seines Körpers vollzogen hatten. Das diese Veränderungen jemals diese Reichweite erreichen würden, hatte er nie erträumt.

Schnell standen sie gemeinsam in der Küche, wo sie einen Café kochte und er sich seine Freundin in

Ruhe anschaute. Und er tat dies in aller Ausführlichkeit, ohne ein Detail zu vergessen. Vor allem über ihre Schuhe freute er sich sehr, die sie bisher noch nie angezogen hatte.

Sie gingen gemeinsam in sein Wohnzimmer, wo sie sich auf die Couch setzten um gemeinsam den Café zu trinken und sich weiter zu unterhalten. Es dauerte jedoch nicht lange, bis sie sich in den Armen lagen und auch nächste Küsse ließen nicht lange auf sich warten. Wenn sich die beiden bisher irgendwo setzen und es abzusehen war, das Frank irgendwann wieder aufstehen musste, wurde ihm immer etwas schummrig, diesmal hatte er damit aber keinerlei Probleme. Schnell spielte er mit ihren Beinen, streifte ihr Kleid hoch und strich ihr über die bestrumpften Beine. Sie spürte wie gewöhnlich, wie sehr ihm dies gefiel und freute sich ebenfalls wie üblich über seine Erregung. Es dauerte nur noch eine Weile bis sie das Feld räumten um einen geeigneteren Ort auf zu suchen. Bisher musste er spätestens jetzt eine Tablette nehmen, um die üblichen Reaktionen zu zeigen nur dieses Mal war dies völlig unnötig. Völlig unbeschwert ließen sie sich daher auf dem Bett nieder und gingen weiter ihrem Spiel nach. Dieses dauerte ebenso lang wie sonst und anschließend ging er leicht schlendernd in die Küche, um sich ein Glas Wasser zu holen, während sie auf dem Bett Schlafzimmer zurück und sie begannen, sich wieder in ihre Kleider zu stecken, die sie achtlos auf den Boden geworfen hatten. Wie gewöhnlich genoss er es, ihr beim ankleiden zu zuschauen, vor allem wie sie sich erneut ihr Beinkleid überzog. Diesmal hatte sie diese ausgezogen, da sie es später noch gebrauchen würde. Ganz nebenbei aßen sie von den Happen in der Küche und nun hielt sie es für den richtigen Zeitpunkt, ihm von ihrem Vorhaben zu erzählen.

Sie wollte mit ihm für ein langes Wochenende nach Holland ans Meer und auf dem Weg dort hin, an einem Coffeeshop vorbei fahren. Wie gewöhnlich nahmen sie seinen Wagen zumal dieser größer und wesentlich schneller war. Er freute sich riesig über diese Idee und begann umgehend eine Tasche zu packen. Sie hatte diese Aufgabe bereits erledigt, so dass sie auf dem Bett liegen bleiben konnte und ihm beim Packen zu sah. Als er fertig war, nahmen sie beide ihre Taschen und hinterließen eine leere Wohnung. Im Auto unterhielten sie sich angeregt, während die Musik aus dem Radio kam. Alle Dinge, die sie beide in den letzten Tagen erlebt hatten, wurden dabei thematisiert. Nicht bloß seine Erlebnissen waren es, über die gesprochen wurde, obwohl dies wesentlich spektakulärer zu sein schien. Während dieses Gespräches voller Vorfreude auf ein wunderschönes Wochenende wurden endlos viele Zigaretten geraucht, die anschließend aus dem Fenster geworfen wurden. Er fuhr enorm schnell, exakt so schnell, wie es sein Wagen zu ließ. Über ihre extremen Gespräche war er recht unaufmerksam, was das fahren seines Wagens betraf. Er hätte beim besten Willen nichts über die letzten Kilometer sagen können. Dabei war die Straße aufgrund des vergangenen Regens noch nass. So war es auch wenig verwunderlich, dass er plötzlich ins schleudern geriet und trotz heftigem Kurbelns an seinem Lenkrad nicht schaffte, den Wagen unter Kontrolle zu bringen. Der Wagen rutschte also weiter und kam erst durch einen Brückenpfeiler zum stehen.

Im Liegen und in merkwürdig riechender Bettwäsche wachten sie wieder auf. Ein unangenehmer Schmerz drückte im Rücken, den man befießendlich zu ignorieren versuchte. Sie wachten beinahe zur gleichen Zeit auf und bemerkten ebenfalls nahezu zeitgleich, dass sich etwas merkwürdiges unterhalb ihrer Gürtellinie abspielte. Erst in den nächsten Tagen würde sich das gesamte Ausmaß ihres Unfalles zeigen, obwohl die Ärzte schon davon wussten und sich stritten, ohne zu einem Ergebnis zu kommen, wer ihnen die Wahrheit sagen sollte. Sie wurden sehr intensiv durch die Krankenschwestern gepflegt, die die morgentliche Reinigung übernahmen und bei jeder Gelegenheit in ihr Zimmer kamen um allerlei Dinge zu verrichten. Schließlich waren beide regelrechte Wunschpatienten, deren Pflege nahezu keine Arbeit machte. Schließlich war der Zeitpunkt gekommen, dass ein Arzt gefunden war, ihnen zu erzählen, welches Ausmaß ihr Unfall auf ihre Gesundheit haben würde. Sein Wagen war schließlich nicht der neueste und hatte daher keine Airbags, mit denen es wohl kaum Probleme gegeben hätte. So hatte sich jedoch das Armaturenbrett in ihre Richtung bewegt und schließlich ihr Rückrat durchtrennt, so dass sie nun beide Querschnittgelähmt sein würden. Genau dies vermittelte ihnen ein Arzt und unweigerlich brachen beide in Tränen aus und erkundigten sich sofort nach dem Anderen und dessen Zustand. Der Bericht über dessen Zustand verstärkte nochmals den Tränendruck. Nach einigen weiteren Tagen waren sie in der Lage, sich in einen

Rollstuhl zu setzen und sich zu besuchen. Dieser Moment war erneut mit einem enormen Maß an Tränen verbunden. Sie lagen sich sofort in den Armen und versuchten sich gegenseitig zu trösten, ohne das dies einen Erfolg zeigte.

Nun begann vor allem für sie die schwierige Zeit, sich an den Rollstuhl zu gewöhnen, den sie ab nun nie wieder verlassen wird. Sie begann mit ihren ersten Übungen noch in der Klinik unter seiner liebevollen Anleitung, wobei er aus seinem reichhaltigen Fundus einer langjährigen Erfahrung als Rollstuhlfahrer zurück griff. Noch fuhren beide in eher lahmen Standardmodellen und freuten sich schon auf die kommenden Aktivrollstühle. Bereits im Krankenhaus würden beide für eine Rehabilitationsmaßnahme angemeldet.

Zu dieser Zeit hatte ihre Beziehung eine völlig neue Qualität gewonnen. Obwohl sie schon bis zu diesem Zeitpunkt eine sehr intensive Beziehung pflegten, waren sie sich nochmal wesentlich näher gekommen. So verbrachten sie jede freie Minute miteinander, küssten sich mehr denn je über die Lehnen ihrer Rollstühle und machten so viel Spaß miteinander, wie es ihre Situation zuließ. Nach einigen Tagen wurden sie dann mit einem Krankentransport in ihre Reha gebracht, die in einem kleinen Ort stattfand, den sie beide nicht kannten. Hier wurden sie enorm herzlich aufgenommen. Noch am ersten Tag kümmerte man sich um eine Vermessung für neue Rollstühle, die nun ihren Vorstellungen entsprechen sollten. Für die Zeit in der Reha-Klinik bekamen sie sportlichere Rollstühle und die alten wurden wieder an das Krankenhaus gereicht, in dem sie vorher waren.

Dann wurde ihnen gesagt, womit sie in den nächsten Wochen ihre Zeit verbringen würden, dazu zählte vor allem das handling ihrer Rollstühle und Gruppengespräche mit anderen, die ebenfalls Unfälle hatten und nun Querschnittgelähmt waren. Er kannte die gesamte Situation einer Reha ebenso wenig wie sie, zumal er aufgrund seiner Erkrankung niemals in einer Reha gewesen war und somit ebenso viele Dinge zu lernen hatte, wie sie. So galt auch seine Motivation im wesentlichen den Techniken des Rollstuhlfahrens, wohingegen sie die größte Freude an den Gesprächsrunden hatte, wo man im allgemeinen von seinem Unfall erzählte, um diesen zu verarbeiten. Sie hatte diesen zum Glück relativ schnell verarbeitet, obwohl sie noch regelmäßig eine große Traurigkeit beschlich. Sehr oft fragte sie sich, wie es sein würde, auf Dauer ein Leben im Rollstuhl zu führen. Er war nur selten traurig und dachte nur hin und wieder an die Zeit und Mühe, die er schon hinter sich hatte, um seine Krankheit zu bekämpfen. Er dachte oft daran, wie es wohl sein würde, wie es sein würde, eine Frau zu haben, die auch im Rollstuhl sitzt. Wirklich konnte er sich dies jedoch beim besten Willen nicht vorstellen. Beide hatten immer wieder Zeit, trotz einiger Anwendungen, sich um sich zu kümmern und so verbrachten sie gemeinsam viel Zeit in der Umgebung des Heimes und nutzten jede Gelegenheit sich zu küssen. Gemeinsame Nächte hatten sie nicht, zumal sie in geschlechtlich getrennten Schlafzimmern übernachten mussten. Immer wieder fanden sie sich in Gesprächen über ihre gemeinsame Zukunft, waren sich aber trotz diverser Dispute am Ende immer wieder einig, dass sie zusammen bleiben wollten. Beide waren über diese Entscheidung sehr glücklich.

Egal ob gesunderter Mensch oder Behinderter, man hätte in jedem Fall sehen sollen, wie sich die beiden bei der Verrichtung verschiedenster Aufgaben unterstützten, sich bei jeder Gelegenheit halfen, auch wenn sie die Aufgabe alleine hätten lösen können.

Und genau hier lag jetzt ihre Lebensphilosophie, nämlich dem anderen bei zu stehen und permanent Hilfe an zu bieten.

Herstellung und Verlag
Books on Demand GmbH, Norderstedt
ISBN: 978-3-8370-8046-9